D1865902

BASTEI
LÜBBE
TASCHENBUCH

Weitere Titel der Autorin:

92 306 Paganini und das Weihnachtswunder
16 274 Schmetterlingskinder

**Über die Autorin:**

Michaela Schwarz ist Übersetzerin und Autorin. Sie lebt mit ihrer Familie in der Nähe von Köln. Bei Bastei Lübbe erschienen von ihr bereits »Paganini und das Weihnachtswunder« sowie der Spannungsroman »Schmetterlingskinder«.

Michaela Schwarz

# *Der Weihnachtstango*

Roman

BASTEI LÜBBE
TASCHENBUCH

BASTEI LÜBBE TASCHENBUCH
Band 16 506

1. Auflage: November 2010

Vollständige Taschenbuchausgabe
der bei Ehrenwirth erschienenen Hardcoverausgabe

Bastei Lübbe Taschenbuch und Ehrenwirth
in der Bastei Lübbe GmbH & Co. KG



Umschlaggestaltung: Christin Wilhelm
Satz: Bosbach Kommunikation & Design GmbH, Köln
Gesetzt aus der Adobe Caslon
Druck und Verarbeitung: CPI – Ebner & Spiegel, Ulm
Printed in Germany
ISBN 978-3-404-16506-3

»Und man sagt dir, die Gesichter in dieser Nacht seien anders als sonst. Denn sie erwarten ein Wunder.«

Antoine de Saint-Exupéry

# Prolog

Mitternacht war längst vorüber. Seit drei Stunden waren sie durch Manhattan gelaufen; meistens schwiegen sie, spürten nur die Nähe des anderen. Allenfalls hatten sie sich dann und wann auf besondere Passanten aufmerksam gemacht – einen dicken Schwarzen, der über seiner Jacke ein Hemd mit der Aufschrift »Blackout 1977« trug, eine Alte, die in einem zerknitterten Rüschenkleid daherspazierte, als käme sie geradewegs von ihrer eigenen Hochzeit, und ein kleines Kind, das einen roten Umhang trug, als spiele es den Weihnachtsmann.

In zehn Stunden ging ihr Rückflug nach Deutschland. Danach würden sie sich nie mehr wiedersehen.

Vor vier Tagen, auf der Überfahrt zur Freiheitsstatue, hatten sie zum ersten Mal miteinander gesprochen. Allein hatte sie auf dem Oberdeck gestanden und sich gegen den eisigen Wind gestemmt. Nachdenklich, fast sehnsüchtig hatte sie über das graue Wasser geblickt. Er hatte kaum gewagt, sich ihr zu nähern. Sie war es dann gewesen, die ihn angesprochen hatte.

»Hier«, sagte sie und deutete nach Ellis Island hinüber, »hier sind viele Träume wahr geworden – der Eintritt ins Land der Wunder und Möglichkeiten.« Ihr Lächeln war das schönste gewesen, das er je gesehen hatte.

»Nicht für alle«, erwiderte er, »manche hat man sofort zurückgeschickt – die Kranken und Alten.«

Sie schaute ihn an. »Sind Sie immer so? Sehen erst das Unglück, dann das Glück?«

Im nächsten Moment, bevor er antworten konnte, wurde das Schiff, während es rumpelnd anlegte, von einer Welle erfasst, und sie war ihm beinahe in die Arme gefallen, ohne sich jedoch zu entschuldigen.

»Mara«, hatte sie stattdessen geflüstert, »ich heiße Mara und glaube an Träume.«

Danach waren sie beinahe unzertrennlich gewesen, und er hatte sich selbst nicht mehr erkannt.

Träume? Darüber hatte er niemals nachgedacht, nicht einmal zur Weihnachtszeit.

Als sie nun zum Rockefeller Center kamen, war die Eisbahn längst geschlossen, aber die Lichter an dem riesigen Weihnachtsbaum brannten offenbar die ganze Nacht. Die Temperatur lag knapp über dem Gefrierpunkt. Der Schnee, der am Tag zuvor gefallen war, war leider nicht liegen geblieben. Es war merkwürdig still. Zwei, drei gelbe Taxis fuhren vorbei. Von der Rockefeller Plaza klang entfernt Musik herüber. Die wenigen Passanten eilten vorbei, ohne dem geschmückten Baum Beachtung zu schenken.

Er sah die Reflexion der Lichter auf ihrem Gesicht; wie ein kleines Kind staunte sie den Weihnachtsbaum an.

Ich liebe sie, dachte er, ich liebe Linda, meine kluge, zuverlässige Frau, und ich liebe Mara. Das ist die Tragödie.

Als Mara für einen Moment die Augen schloss, wirkte sie noch schöner – die markanten Wangenknochen, der sinnliche Mund; selbst ihre Ohren, die ein wenig zu groß waren, gefielen ihm. Er war plötzlich sicher, dass sie sich etwas wünschte, und schloss auch die Augen.

Ich wünsche mir, dass dieser Moment nie vergeht.

Die Reise nach New York hatte nur der Weiterbildung von ein paar jungen deutschen Medizinern dienen sollen, und nun war sie das größte Abenteuer seines Lebens geworden.

Im nächsten Moment, während sie sich mit geschlossenen Augen an den Händen hielten und die Wärme dieses einzigartigen Weihnachtsbaums zu spüren glaubten, begann die Musik.

Eine einzelne Geige spielte eine schwungvolle, ungewöhnliche Melodie.

Er war so überrascht, dass er zusammenzuckte und die Augen aufriss. Ein schwarzhaariger Mann mit einer so dunklen Haut, dass er ihn im ersten Moment für einen Indianer hielt, stand da und nickte ihnen freundlich zu, während er spielte.

Sie waren ganz allein.

»Das ist ein Tango«, sagte Mara leise. »Kannst du Tango tanzen?«

Er schüttelte den Kopf, doch da hatte sie sich schon von ihm gelöst und sich wie eine richtige Tänzerin vor ihn hingestellt. Sie ergriff seine linke Hand, legte die andere um seine Taille und führte ihn – die ersten einfachen Schritte eines Tangos, den er zum letzten Mal vor über zehn Jahren auf dem Abiturball mehr schlecht als recht getanzt hatte. Aber sie konnte auch das: Tango tanzen.

Er sah, wie der dunkelhäutige Mann ihre Bewegungen mit einem beifälligen Lächeln begleitete.

»Gut so!«, hauchte Mara ihm ins Ohr.

Ich liebe dich, wollte er sagen, verdammt, vergessen wir all das, was uns in Deutschland erwartet, und bleiben einfach hier.

»Welcher Tag ist heute?«, fragte sie unvermittelt.

Er geriet ein wenig ins Stolpern, verpasste ein paar Schritte, doch so, als wäre es ein Leichtes, ihn wieder in den Rhythmus zurückzuführen, zog sie ihn an sich und ließ ihn spüren, welche Bewegungen er machen musste.

»Heute ist Dienstag, der 20. Dezember 1977.«

»Dann sollten wir uns wiedersehen – nächstes Jahr, am selben Tag, irgendwo in Deutschland. Zu unserem nächsten Tango.«

Einen Moment später löste Mara sich von ihm, hauchte ihm einen Kuss auf die Wange und lief davon, ohne sich noch einmal umzudrehen.

Als sie sich am nächsten Morgen am Abflugschalter wieder begegneten, trug Mara eine Sonnenbrille, die ihr halbes Gesicht bedeckte. Er wusste, dass sie geweint hatte. Sie war seit zwei Jahren mit einem älteren Chirurgen verheiratet, wie sie ihm wie beiläufig gestanden hatte, nachdem sie zum ersten Mal miteinander geschlafen hatten. Und er selbst hatte Linda, seine kluge, nüchterne Frau, die er bei seinem ersten Praktikum im Krankenhaus kennengelernt hatte, wo sie schon Assistenzärztin gewesen war. Am 2. Januar würde er in ihre Praxis einsteigen. Alles war vorbereitet.

Wenn er zu Mara herüberschaute, wandte sie den Kopf, als bereite es ihr Schmerzen, ihn anzuschauen. Er wollte an ihr vorbeigehen, ihr den Umschlag mit der Nachricht zustecken, die er am frühen Morgen in seinem Hotel am Central Park geschrieben hatte. Statt vieler Liebesschwüre stand da nur: *Mittwoch, 20. Dezember 1978 – Domhotel Köln. Ich warte auf Dich.* Er wagte es jedoch nicht, ihr den Brief zu übergeben. Das Risiko, dass es die anderen aus ihrer Reisegruppe mitbekommen hätten, erschien ihm zu groß. Er war schon immer ein Feigling gewesen. Vielleicht hatte er auch deshalb Linda geheiratet, die immer wusste, was sie wollte.

Mara hatte augenscheinlich mit jemandem aus ihrer Gruppe den Platz getauscht, so dass sie fünf Reihen vor ihm saß. Während alle anderen während des langen Fluges schliefen, war er hellwach. Der Umschlag in seiner Tasche schien zu glühen. Wie könnte er es schaffen, ihr den Brief zuzustecken?

Als sie schon im Landeanflug auf Frankfurt waren, bat er eine Stewardess, ihr den Umschlag zu geben. Die junge Frau war ein wenig überrascht, willigte jedoch ein.

Er sah Mara nicht mehr, als sie das Flugzeug verließen. Irgendwo vor ihm hastete sie zu ihrem Gate – Weiterflug nach Hamburg in fünfundzwanzig Minuten.

Während er auf sein Gepäck wartete und wusste, dass Linda ihn draußen in Empfang nehmen würde, hatte er das Gefühl, als hätte man ihm ein lebenswichtiges Organ aus dem Körper gerissen. Seine Traurigkeit war so groß, dass er glaubte, nicht mehr atmen zu können. Sein Blutdruck war im Keller, und er nahm die Menschen um sich herum nur als diffuse Schattenwesen wahr.

Wie sollte er gleich Linda begegnen? Sie hatte darauf

bestanden, ihn in Frankfurt abzuholen, um ihn nach dem langen Flug zu ihrem Haus am Ammersee zu chauffieren.

Als er sein Gepäck vom Band nahm, fühlte er sich wie ein alter, geschlagener Mann. Doch plötzlich stand die Stewardess aus dem Flugzeug vor ihm und überreichte ihm lächelnd einen Umschlag. Sie hatte offenbar Gefallen daran gefunden, die Liebesbotin zu spielen.

Sofort, ohne sich bei der jungen Frau zu bedanken, riss er ihn auf. Auf einem kleinen weißen Zettel stand nur ein einziges Wort: *Ja.*

So hatte es angefangen, und so war es mit Mara und ihm immer weitergegangen – dreißig Jahre lang.

# Erstes Kapitel

Die ganze Woche hatte er an Mara gedacht. Er hatte schon erwogen, früher nach Köln zu fahren, um sich dort in aller Ruhe auf ihr Treffen vorzubereiten, aber dann hatte er sich nicht getraut, die Praxis vor der Zeit zu schließen. Außerdem waren noch einige Dinge zu besprechen gewesen – mit dem Steinmetz, der den Grabstein im Februar fertig haben sollte, und mit Rainer, der im Frühjahr die Praxis allein weiterführen würde.

Robert blickte auf Lindas Grab, betrachtete das helle Holzkreuz mit ihrem Namen und kam sich wie ein Betrüger vor. Aber er war ja auch ein Betrüger gewesen – jedes Jahr am 20. Dezember hatte er sie mit der Frau betrogen, die er wirklich liebte.

Verzeih mir!, wollte er flüstern, brachte jedoch kein Wort heraus.

Eine alte Frau lief an ihm vorbei und grüßte ihn. Er erinnerte sich nicht an ihren Namen, wusste aber, dass sie stets Lindas Patientin gewesen war – wie viele Frauen aus dem Dorf, die sich genierten, sich von einem Mann untersuchen zu lassen.

Linda war dreiundsechzig geworden, sieben Jahre älter als er. Es hatte bei ihr nie Anzeichen von Bluthochdruck gegeben, und doch hatte sie innerhalb von vier Monaten zwei Schlaganfälle erlitten; der erste hatte ihr die Sprache geraubt, der zweite war tödlich gewesen.

Robert erwiderte den Gruß der Frau, als sie sich schon längst wieder abgewandt hatte, und strebte dem Ausgang des Friedhofs zu.

Der Ford stand da. In sechs Stunden würde er vom Ammersee aus in Köln sein und auf Mara warten, und zum ersten Mal hatte er sich keine seltsame Entschuldigung einfallen lassen müssen, warum er vier Tage vor Heiligabend unbedingt nach Köln fahren wollte. Er war nun Witwer, ein alleinstehender, kinderloser Mann. Da war nur Rainer, Lindas Neffe, den er insgeheim für einen Schwätzer und einen miserablen Arzt hielt.

Er fuhr langsamer als sonst. Vielleicht weil er sich zum ersten Mal vor der Begegnung mit Mara fürchtete. Er musste mit ihr reden, ihr endlich sagen, dass es nicht mehr ging; er konnte sie nicht mehr nur einmal im Jahr für eine Nacht und ein langes Frühstück treffen. Er musste sie häufiger sehen, jeden Tag – oder gar nicht mehr.

Bereits bei ihrem achten Treffen, im Jahr 1985, war er fest entschlossen gewesen, es Mara zu sagen – ihr gewissermaßen einen Antrag zu machen. Ich verlasse meine Frau, weil ich mit dir zusammen sein will. Ich ziehe nach Hamburg, wenn du willst, suche mir eine Praxis, in die ich einsteigen kann.

Sorgsam hatte er sich die Worte zurechtgelegt, wie es ihm zur Gewohnheit geworden war, wenn ihm etwas besonders schwerfiel. Es würde sicherlich nicht leicht sein, in Hamburg Fuß zu fassen. Mara war eine erfolgreiche Herzchirurgin an der Universitätsklinik, er hingegen nur ein einfacher Landarzt aus Bayern, aber damit könnte er fertig werden.

Für das erste Wiedersehen hatte er noch einen Besuch bei einem Schulfreund vorgeschoben. Im zweiten Jahr hatte er so getan, als müsse er ein Geschenk für Linda besorgen, und hatte ihr dann, gewissermaßen als Kompensation, ein teures Bild geschenkt. Dann hatte er einen guten Vorwand gefunden: Er wolle seinen neuen Ford direkt beim Werk in Köln abholen, hatte er Linda erklärt, und damit begründet, warum er sie für einen Tag in der Praxis allein lassen musste. Ab 1983 hatte er sich jedes zweite Jahr ein neues Ford-Modell besorgt, obwohl er eigentlich viel lieber einen BMW gefahren hätte, aber das gehörte zu seiner Tarnung. »Lass mich doch!«, hatte er seiner Frau letztes Jahr noch gesagt. »Diese Reise nach Köln ist so eine Art Ritual für mich, und ein Arzt, der mit einem Ford vorfährt, ist den Leuten sofort sympathisch, weil er nicht mit seinem Status angibt.«

Er hatte keine Ahnung, ob sie ihm diese Gründe jemals geglaubt hatte. Wahrscheinlich hatte es sie irgendwann auch nicht mehr interessiert; sie hatte jedenfalls gelacht, als er seine Ausrede zum ersten Mal vorgebracht hatte, und war in ihren Landrover gestiegen, um Patienten zu besuchen oder in den Reitstall zu fahren, wo sie inzwischen jede freie Minute verbrachte. Ihr Verhältnis war an einem Nullpunkt angekommen. Sie hatten sich schon damals über ihre Arbeit hinaus nicht mehr viel zu sagen. Er schob es auf Mara, die Schattenfrau, die ihn nie losließ. Linda erklärte es sich damit, dass sie kinderlos geblieben waren.

Bei diesem besonderen Treffen, 1985, traf er um siebzehn Uhr im Domhotel ein, das wie immer weihnachtlich geschmückt war. Man begrüßte ihn höflich wie jedes Jahr. »Ja, Herr Doktor Faber – das Eckzimmer mit Domblick. Es ist alles vorbereitet.«

Zuerst packte er seinen Koffer aus und baute den Rekorder mit der Tangomusik auf. Auch das gehörte zu ihrem Ritual. Um genau Mitternacht tanzten Mara und er Tango. Er hatte heimlich Unterricht genommen, war deswegen eigens von Schondorf nach München gefahren, um in einer Doppelstunde die wichtigsten Schritte zu üben, obwohl ihm klar war, dass er im Vergleich zu ihr immer ein jämmerlicher Tänzer bleiben würde.

Um zwanzig Uhr war Mara immer noch nicht eingetroffen. Er begann sich Sorgen zu machen. War ihr etwas passiert? Warum versetzte sie ihn ausgerechnet dieses Jahr, wo er so ernsthaft mit ihr reden wollte?

Er konnte nicht einmal in Hamburg nachfragen, weil er weder ihre Telefonnummer noch ihre Adresse hatte. Auch das hatte von Anfang an zu ihrer Verabredung gehört. Keine Nachrichten, keine Telefonate, keine Fragen.

Nur der 20. Dezember sollte ihnen gehören.

Gegen halb zehn klopfte es an der Zimmertür.

Er hatte schon eine heimliche Zigarette geraucht und sich damit abgefunden, dass Mara dieses Jahr nicht kommen würde, aber da stand sie vor ihm: verlegen lächelnd, mit funkelnden Augen.

»Tut mir leid, Liebster«, sagte sie und küsste ihn sofort. »Ich habe den Zug verpasst, und der zweite hatte Verspätung, aber nun bin ich ja da.«

Sie öffneten sofort den Champagner und tranken, ohne zuvor – wie sonst – in das Restaurant zu gehen und etwas zu essen.

Mara war anders als sonst – aufgekratzter, redseliger, während er immer schweigsamer und nachdenklicher wurde.

Nachdem sie miteinander geschlafen hatten, tanzten sie ihren Tango – er war und blieb ein schlechter Tänzer, aber was spielte es für eine Rolle? Er wollte sie im Arm halten, sie riechen, den Duft ihrer Haut einatmen.

Sie war ein wenig magerer geworden und hatte zwei Falten um die Mundwinkel, aber auf keinen Fall wollte er sie nach den Gründen fragen. Einmal, im dritten Jahr, hatte er sich scheinbar beiläufig nach ihrem Mann erkundigt, und da war sie ganz steif geworden, als habe ein Schmerz sie getroffen. »Robert – bitte keine Fragen!«, hatte sie gesagt und ihm ihr anderes, düsteres Gesicht gezeigt. »Wolf und ich durchleben gerade eine schwierige Phase.«

Als der Tango beinahe zu Ende war, hatte er sich geräuspert und zu seiner Rede angesetzt: »Mara, ich muss dir etwas sagen.«

Sie hatte ihn angeschaut und glücklich gelächelt. »Ich dir auch«, hatte sie geflüstert.

Für einen Moment war er sicher gewesen, dass sie ihm dasselbe mitteilen wollte. Sie waren Seelenverwandte. Auch sie hatte vor, ihren Mann für ihn zu verlassen, um mit ihm zusammen zu sein.

»Fang du an!«, sagte er ungewohnt siegessicher.

Mara hatte ein wenig Lippenstift aufgelegt, überhaupt war sie geschminkt, was sonst nie vorgekommen war. Dezent hatte sie die Lider nachgezogen; ihre blauen Augen funkelten, und dann brach es aus ihr heraus. »Stell dir vor – ich bin verliebt«, sagte sie. »Er heißt Sören und ist Däne; kein Arzt, Gott sei Dank, sondern ein Bauingenieur. Er will mich heiraten.«

Robert geriet aus dem Takt. Zum Glück verklang die Musik wenig später. Mara kehrte in ihrem T-Shirt ins Bett zurück, während er in einem Sessel Platz nahm und sich eine Zigarette ansteckte; ihr gefiel nicht, wenn er rauchte, doch nun achtete sie gar nicht darauf.

Innerhalb von zehn Minuten erfuhr er mehr von ihrem Leben als bei den sieben Treffen zuvor. Sie arbeitete längst nicht mehr als Herzchirurgin, sondern hatte eine homöopathische Zusatzausbildung absolviert und praktizierte als Ärztin für Naturheilkunde in der eigenen Praxis. Seit zwei Jahren war sie von ihrem ersten Mann geschieden und hatte wieder ihren Mädchennamen angenommen, den sie ihm jedoch nicht nannte.

Er begriff, dass er überhaupt nichts von ihr wusste. Sie waren keine Seelenverwandten, sie war eine Frau, mit der er einmal im Jahr Tango tanzte – mehr nicht.

Als sie sich am nächsten Morgen trennten, war er sicher, dass er sie nie wiedersehen würde, doch ein Jahr später erwartete sie ihn bei seinem Eintreffen bereits auf ihrem Zimmer im Domhotel, zum ersten und einzigen Mal in all den Jahren. Von dem Dänen hatte sie nie wieder gesprochen.

Es war sechzehn Uhr, als er in Köln eintraf. Er parkte in der Garage unter dem Dom und ging dann die wenigen Schritte zum gediegenen, ehrwürdigen Domhotel. Der

Himmel war grau, es nieselte leicht. Vom Weihnachtsmarkt neben dem Hotel drang Musik herüber. Kinder sangen auf einer Bühne Weihnachtslieder.

Wo Linda jetzt wohl ist?, dachte er und erschrak bei diesem Gedanken. Sah sie vom Himmel herab und begriff nun, was er all die Jahre lang am 20. Dezember getan hatte? Ein Auto abholen, einen Freund besuchen, einen Herzspezialisten konsultieren, in einer Galerie ein Bild kaufen – was für armselige Ausreden er für seinen Betrug gehabt hatte!

Er lächelte über sich selbst. Der Rest eines Kinderglaubens schien noch in ihm zu stecken, wenn er meinte, dass die tote Linda auf ihn herabschaute.

Er nahm sich vor, im Dom eine Kerze für sie anzuzünden – morgen, wenn Mara wieder abgereist war und er eine Antwort von ihr hatte, ob sie für immer bei ihm bleiben wollte.

# Zweites Kapitel

Gab es das – ein böses Omen, dass an diesem 20. Dezember alles schiefgehen könnte? Robert war nicht abergläubisch, aber als er den alten Rekorder aufbaute, sah er, dass die Kassette mit den drei Tangoliedern fehlte. Wie konnte das sein? Er benutzte diesen Rekorder genau ein Mal im Jahr, dann hüllte er ihn in eine Plastiktüte und verstaute ihn in einem verbeulten Koffer in der hintersten Ecke des Kellers, wo ihn garantiert niemand finden würde. Doch nun, als er ganz routiniert den Klang überprüfen wollte, gähnte ihn ein leerer Kassettenschacht an. Robert schätzte solche Überraschungen ganz und gar nicht. Ein Wiedersehen mit Mara ohne ihren Tango um Mitternacht war schlichtweg unvorstellbar.

War dieser kleine Diebstahl Lindas letzte Rache gewesen? Hatte sie ihm zeigen wollen, dass sie genau gewusst hatte, wohin er all die Jahre gefahren war? Nein, Linda kam für so einen lächerlichen Diebstahl eigentlich nicht in Frage, aber wer hätte sich sonst an dem Gerät zu schaffen machen sollen? Herta, ihre Haushaltshilfe, hätte nie gewagt, den Koffer zu öffnen, geschweige denn, etwas herauszunehmen.

Er blickte auf die Uhr. Es war zwanzig Minuten nach sechzehn Uhr. Zum Glück blieb genügend Zeit, um für neue Musik zu sorgen. Vermutlich würde er aber keine Kassette mehr finden. Gab es überhaupt noch welche zu kaufen? Von dem livrierten Portier ließ er sich den Weg zum nächsten Kaufhaus weisen.

»Kein Problem«, erklärte der Mann mit einem höflichen Lächeln. »Kaufhäuser gibt es hier mehr als genug.«

Als er auf den Platz vor dem Dom abbog, sah er sie. Da ging Mara – oder zumindest eine Frau, die Mara ähnlich sah. Robert lief ihr ein paar Schritte nach. Der Ruf nach ihr blieb ihm jedoch im Halse stecken. Was sollte Mara hier zu tun haben? Sie kam nur einmal im Jahr zu ihrem geheimen Rendezvous in diese Stadt. Die Frau war genauso groß und schlank wie Mara, sie trug einen schwarzen Umhang und blaue Jeans und lehnte sich leicht gegen den Wind, der unablässig über die Domplatte wehte. Über ihrer Schulter hing ein schwarzer Lederbeutel. Auch ihr Haar erinnerte an Mara – braun, knapp schulterlang und mit wenigen grauen Strähnen durchsetzt. Allenfalls der schwarze Hut passte nicht zu Mara, jedenfalls hatte er sie noch nie mit Hut gesehen.

Die Frau schritt in den Dom, und er folgte ihr in einigem Abstand. Er wollte ihr Gesicht sehen, ganz sicher sein, dass sie es nicht war, sondern lediglich eine Frau, die ihr ähnelte.

Im Innern der Kirche roch es nach Weihrauch; Kerzen und ein paar Lampen spendeten ein diffuses Licht. Robert fiel auf, dass er bei seinen Besuchen in Köln nur ein- oder zweimal in den Dom gegangen war. Zwischen all den Touristen, die als stumme, staunende Schattenwesen durch die Kathedrale liefen, suchte er nach der Unbekannten. Obwohl sie nur wenige Schritte Vorsprung gehabt hatte, war sie verschwunden.

Robert eilte durch den Mittelgang zum Altar, lief dann um den goldenen Schrein herum, in dem angeblich die Gebeine der Heiligen Drei Könige lagen. Dann, als er schon aufgeben wollte, entdeckte er die Frau. Sie hatte an einem Seitenaltar ein Licht aufgestellt, verneigte sich und verließ die Kirche durch einen Nebenausgang.

Wieder hatte er ihr Gesicht nicht sehen können, doch plötzlich war er nicht mehr so überzeugt, dass sie es nicht war – die Statur, die Bewegungen, alles erinnerte an Mara. Aber sie konnte es nicht sein. Sie war nicht gläubig. Niemals hätte sie ein Licht aufgestellt und sich in Richtung Altar verneigt. Oder etwa doch? Konnte es zu ihrem Programm gehören, schon vorher durch Köln zu laufen, Kerzen im Dom anzuzünden, bevor sie zu ihm ins Hotel ging? Oder hatte sie vielleicht dieses Jahr auch einen Grund zu trauern, genau wie er?

Er überlegte abzudrehen, um sich eine neue Tangoplatte und einen CD-Spieler zu besorgen, aber da hatte er sich schon an ihre Fersen geheftet.

Auch wenn diese Frau nicht Mara sein konnte, war er neugierig, was sie als Nächstes tun würde.

Er sah, wie sie die breite Treppe auf den Bahnhof zusteuerte. Dann verschwand sie erneut in der dichten Menschenmenge.

Spätestens jetzt hätte er die Verfolgung aufgeben müssen, aber irgendetwas an dieser Unbekannten ließ ihn nicht los – als hätte sie ein Geheimnis, das er entschlüsseln musste.

Er war noch nie einer Frau nachgelaufen, das war unvernünftig und gehörte sich nicht, aber war nicht der 20. Dezember der einzige Tag im Jahr, an dem er die Vernunft, die sein Leben sonst bestimmte, beiseiteschob?

Durch den Bahnhof hetzte er wie ein Reisender, der im Begriff war, seinen Zug zu verpassen. Er rempelte wildfremde Menschen an, murmelte halbherzige Entschuldigungen und ließ die Unbekannte nicht aus den Augen.

Sie hatte den Bahnhof nur durchquert, ohne nach links oder rechts zu schauen, und war nicht in einen Zug gestiegen, wie er vermutet hatte. Sie schlug den Weg zum Fluss ein, passierte die breite Uferstraße und lief die Promenade hinunter, aber nicht dorthin, wo die geschmückten, hell erleuchteten Ausflugsboote lagen, von denen Weihnachtsmusik erklang, sondern in die andere Richtung, aus der Stadt heraus.

Er folgte ihr in einem so großen Abstand, dass es ihr nicht auffallen konnte, dass sie verfolgt wurde. Sollte sie sich umdrehen, könnte er jederzeit kehrtmachen.

Der Himmel war bewölkt, nur wenige Passanten kamen ihm entgegen; in einer knappen halben Stunde würde es stockdunkel sein. Spärlich beleuchtet fuhren drei Lastkähne den Rhein hinauf.

Kaum hatte sie die befestigte Uferpromenade hinter sich gelassen, bog die Frau ab und schritt über eine Wiese auf den Fluss zu. Robert blieb stehen. Er spürte, wie sein Herz heftiger zu schlagen begann. Was tat die Frau da? Wie eine Selbstmörderin, die nichts anderes vorhatte, als sich in die grauen Fluten zu stürzen, durchquerte sie die Wiese, als wäre sie in Trance.

Robert setzte sich in Bewegung, folgte ihr, während er gleichzeitig nach seinem Mobiltelefon tastete, um rasch Hilfe rufen zu können, falls die Frau sich tatsächlich ins Wasser werfen sollte. Wie lange kann man bei diesen eisigen Temperaturen überleben?, fragte er sich. Wahrscheinlich nicht länger als ein oder zwei Minuten, falls man nicht ohnehin von der Strömung in die Tiefe gerissen wurde.

Die Frau hatte nicht Halt gemacht. Nun musste sie das Wasser erreicht haben. Er konnte es nicht genau erkennen, weil ihre Gestalt durch hohe Brennnesseln verdeckt wurde. Dann sah er, dass sie ihren Lederbeutel in den Ast einer einzelnen Birke gehängt hatte. Der Beutel war geöffnet, nur eine leere Plastiktüte steckte darin. Auf dem Fluss rauschte mit der Strömung ein stählerner Schiffsrumpf vorbei, der ihm Angst einjagte, weil er wie zum Greifen nahe war. Robert rannte nun, bahnte sich einen Weg durch Brennnesseln und Gestrüpp. Wo war die Frau abgeblieben? Trieb sie schon im Wasser?

»Hallo!«, schrie er. »Wo sind Sie?« Panik lag in seiner Stimme. Plötzlich fühlte er sich für einen wildfremden Menschen verantwortlich.

Dann, als er sich durch die letzten Brennnesseln geplagt hatte, entdeckte er sie. Sie stand auf einem Flecken Sand, die schwarzen Stiefel von Wasser umspült, und warf eine rote Rose in den Fluss. Vier andere tanzten bereits ein Stück vor ihr auf den Wellen, die der Lastkahn hinterlassen hatte.

Völlig außer Atem hielt er inne. Erleichterung erfüllte ihn – die Frau war keine Selbstmörderin. Gedankenverloren warf sie noch zwei Rosen in den Fluss, bevor sie sich umdrehte und ihn argwöhnisch anschaute. Sie war viel jünger als Mara, erkannte er nun, und die einzige Ähnlichkeit bestand darin, dass sie groß und schlank war und ihr Haar gleichfalls halblang trug.

Er hob die Hand, wie zu einem Gruß und als wolle er sich entschuldigen, dass er ihr gefolgt war. Tut mir leid, wollte er ihr zurufen, ich wollte Sie nicht stören, ich habe mir lediglich Sorgen gemacht.

Die Frau winkte ihm – immer noch mit ernstem Gesicht – und zeigte auf den Fluss, als würde diese Geste erklären, was sie da tat. Die Rosen tanzten einträchtig nebeneinander auf dem Wasser und wurden bereits in die Mitte des Flusses hinausgetrieben. Dann warf sie noch eine vor sich in die Fluten.

Im nächsten Moment hörte Robert einen Motor aufheulen. Er wandte den Kopf und sah ein Motorrad, das mit eingeschaltetem Scheinwerfer durch das Dickicht preschte und genau auf die Frau zuhielt. Eine Gestalt in schwarzer Ledermontur und mit schwarzem Helm stand förmlich auf den Pedalen, um die Balance halten zu können. Die Frau warf ihre Arme in die Höhe, als die Maschine in einem waghalsigen Tempo an ihr vorbeiwischte. Ein Faustschlag des Fahrers traf die Frau. Sie taumelte zurück und stürzte ins Wasser. Geschickt riss der Fahrer in voller Fahrt die Maschine herum und kehrte zurück, bevor sie sich wieder aufrichten konnte.

»Aufhören!«, schrie Robert, aber vor Entsetzen brachte er nur ein Krächzen heraus. »Hören Sie sofort auf damit!« Panisch lief er auf die Frau zu und stürzte über einen Ast. Als er sich wieder aufgerappelt hatte, beobachtete er, dass die Gestalt in der Ledermontur vom Motorrad abgesprungen war und nun auf die Frau einprügelte. Sie schrie und rief immer wieder einen Namen. »Johann«, glaubte Robert zu verstehen. Nichts sonst, nur diesen Namen. Er griff sich ein Stück Holz, das im Sand lag, und eilte weiter. Die Frau lag nun halb im Wasser, und die Ledergestalt schlug weiter auf sie ein, offenbar nicht nur, um sie zu verletzen, sondern um sie ins Wasser zu treiben. Die letzte rote Rose hatte sich in dem Haar der Frau verfangen; sie keuchte und schien kaum noch Luft zu bekommen.

Dann hatte Robert sie erreicht. Er holte aus und ließ das Holz auf den Rücken des Angreifers in der Ledermontur krachen. Der schrie auf und wandte sich blitzschnell um.

Robert sah, dass er es mit einem Mann zu tun hatte. Zwei blaue Augen starrten ihn hasserfüllt unter dem geöffneten Visier des Helms hervor an.

Der Mann sagte etwas, das Robert nicht verstand. Dann spürte er den ersten Schlag, der gegen seine linke Wange krachte, der zweite, der einen Atemzug später folgte, traf ihn in den Magen. Er taumelte zurück und sackte zusammen, als ihn ein dritter Hieb erwischte. Plötzlich lag er im Wasser. Kälte durchflutete ihn. Er versuchte den Kopf zu heben. Was geschah hier? Versuchte der Mann die Frau zu töten? Robert sammelte seine Kräfte, um auf die Beine zu kommen, aber dann sah er, wie ein riesiger, schwarzer Stiefel heranrauschte und ihn am Kinn traf. Ein greller Schmerz explodierte tief in ihm.

Eine Sekunde später wurde ihm schwarz vor Augen.

# Drittes Kapitel

Dagmar hatte schon um sechs Uhr morgens angerufen, weil sie krank in einem Hotelzimmer in Peking lag. »Wieso Peking?«, hatte Mara verschlafen gefragt und ganz vergessen, dass ihre Schwester ihr von einer Ausstellung im Goethe-Institut erzählt hatte. Zum Glück hatte Dagmar sich offenbar nur den Magen verdorben. Aber eigentlich litt sie noch daran, dass Jan sie verlassen hatte. Zu Weihnachten hatte sie noch nie gut allein sein können.

Anne Jessen meldete sich auf ihrem Handy, weil ihr Mann in der Nacht Fieber bekommen hatte – 39,8 Grad, also nicht wirklich besorgniserregend. Mara beruhigte sie und versprach, telefonisch das ganze Wochenende erreichbar zu sein.

Ihr schwarzes Kleid war noch in der Reinigung, und Pluto musste sie auch noch zu Anna bringen. Der Labrador wusste schon jetzt, was los war, und hatte sich einen Platz hinter dem Ledersofa gesucht.

»Es ist nur für eine Nacht!«, rief sie ihm zu, aber stimmte das? Wollte sie diesmal wirklich nur eine Nacht in Köln bleiben?

Während sie den Koffer hervorholte, rief Hendrik an. Ehemann Nummer drei klang armselig. Kurz vor Weihnachten nahm sein Selbstmitleid überhand. Sie konnte seinen Tonfall kaum ertragen und klemmte sich den Telefonhörer unter das Kinn, um weiterpacken zu können.

Er habe die ganze Nacht wegen Atemnot nicht geschlafen, klagte er.

»Wahrscheinlich trinkst du zu viel«, sagte sie ungerührt.

»Fährst du wieder nach Köln?«, fragte er unvermittelt.

»Nach Köln? Wieso sollte ich nach Köln fahren?« Sie tat überrascht.

»Weil du jedes Jahr am 20. Dezember nach Köln fährst. Letztes Jahr bin ich dir gefolgt. Ich habe dich mit ihm gesehen, ein distinguierter älterer Herr, eigentlich gar nicht dein Typ. Domhotel, ein Zweiertisch am Fenster, dann ein kurzer Spaziergang am Rhein. Ich habe gar nicht gewusst, wie hässlich Köln ist. Aber dafür habt ihr ja keine Augen gehabt.« Hendrik lachte, aber auch sein Lachen klang armselig.

Wie hatte sie jemals glauben können, ihn zu lieben? Er war ein Rechthaber, ein Geizkragen und ein schlechter Verlierer obendrein.

Sie zögerte einen Moment. Sollte sie alles abstreiten oder sich entschuldigen?

»Du hast mich betrogen«, fuhr er anklagend fort. »Jahrelang hast du mich betrogen. Ist dieser Kerl schuld daran, dass es mit uns nicht geklappt hat?«

»Dieser Kerl heißt Robert Faber und ist ein Kollege«, erwiderte sie in einem Tonfall, als müsse sie sich tatsächlich verteidigen. Dabei sprach da nur ihr Exmann, der es mit der Wahrheit auch manchmal nicht besonders genau nahm – wenn es ihm gerade in den Kram passte. »Ich kenne ihn schon viel länger als dich, und mit dir hatte das alles nichts zu tun.«

»Ach, eine heimliche Jugendliebe – wie romantisch!«, stieß Hendrik hervor und lachte wieder spöttisch auf. Letztes Jahr hatte sie noch Heiligabend mit ihm verbracht – dieses Jahr würde sie lieber allein bleiben. Anna würde wieder zu ihrem Vater fahren, und Robert …

»Ich will mit dir nicht darüber sprechen«, sagte sie und legte auf, doch zuvor hörte sie noch, wie er sagte: »Liebst du ihn?«

Zornig warf sie das Telefon auf den Sessel in der Ecke, wo letztes Jahr noch der Weihnachtsbaum gestanden hatte. Dieses Jahr brauchte sie keinen – zumindest hatte sie das bis gestern noch geglaubt. Was bildete sich Hendrik ein, dass er ihr diese Frage stellte? Robert war der verlässlichste Mensch, den sie jemals getroffen hatte. Eigentlich war er, wenn sie genau darüber nachdachte, die Konstante in ihrem Leben. Seit dreißig Jahren trafen sie sich – aber hatte das etwas mit Liebe zu tun? Vielleicht ja doch …

Seit dem letzten Sommer, seit sie Hendrik endgültig in die Wüste geschickt hatte, ging es ihr nicht gut. Was war mit ihr und ihren Träumen passiert? Sie war vierundfünfzig, und ihre Bilanz war nicht eben besonders erfreulich: drei gescheiterte Ehen, ein paar Affären, zwei Fehlgeburten, eine Nacht im Gefängnis, weil sie einen Arzt, der sich als Stalker betätigt hatte, mit einer Bierflasche verletzt hatte, dazu ein Bankkonto, auf dem Ebbe herrschte, weil Hendrik fünfzigtausend Euro mitgenommen hatte – als Entschädigung, wie er gemeint hatte. Entschädigung wofür? Für schmutzige Socken unter ihrem Bett, für

Vorwürfe, betrunkene Zärtlichkeiten, ständige Kontrollanrufe?

Nein, sie hatte genug von solchen Typen.

Robert war anders – er roch immer gut, er war nie unrasiert, und er hörte ihr zu. Aber war das eine Kunst? Schließlich trafen sie sich nur einmal im Jahr.

Doch da war immer dieses Leuchten in seinen Augen, das sich niemals verändert hatte – ein helles Licht, das aufschien, wenn er sie sah.

Was wäre nur geschehen, wenn sie damals, am Rockefeller Center, während ihres ersten Tangos gesagt hätte: Lass uns für immer zusammenbleiben?

Sie ertappte sich dabei, dass sie immer häufiger darüber nachsann.

Als sie letztes Jahr im Zug saß und nach Köln fuhr, hatte sie daran gedacht, ihm einen Vorschlag zu machen – zum ersten Mal in all den Jahren. Wie wäre es, wenn wir uns demnächst früher wiedertreffen, im April vielleicht, und für ein paar Tage wegfahren – nach Mallorca oder auf die Kanarischen Inseln? Sie hatte keine Ahnung, ob er viel verreiste. Sie wusste, dass er gelegentlich zum Skifahren in die Berge fuhr, Samnaun, irgendein Ort in der Schweiz. Er hatte es einmal erwähnt.

Bei ihrer Ankunft war er schweigsamer gewesen als sonst. Er wirkte auch gealtert, dünner und faltiger, wenn auch nicht unattraktiv. Beim Essen hatte er, was ungewöhnlich war, von seiner Frau gesprochen, und da hatte sie gewusst, dass sie ihren Vorschlag nicht über die Lippen bringen würde. Linda litt an Depressionen. »Wahrscheinlich weil wir keine Kinder haben«, hatte Robert mit einem schmerzlichen Lächeln gesagt. »Das macht ihr nun, wo sie über sechzig ist, zu schaffen. Merkwürdig, nicht wahr?«

Nein, hatte sie antworten wollen, das ist ganz und gar nicht merkwürdig. Stattdessen hatte sie geschwiegen und gespürt, wie sie sich versteift hatte. Sie wollte von seiner Frau nichts wissen – und sie wollte auch nicht der Kummerkasten für ihn sein. Das war sie auch in all den Jahren vorher nie gewesen.

Zum Glück hatte er ihr Unbehagen gespürt und rasch das Thema gewechselt. In dieser Beziehung war er so sensibel wie kein anderer Mann, dem sie jemals begegnet war.

Später, während er von den Bergen schwärmte, war ihr eingefallen, dass er sie niemals gefragt hatte, ob sie ein Kind hatte. Stillschweigend schien er davon auszugehen, dass sie ebenfalls kinderlos war.

Im Bett hinterher war er dann so zärtlich gewesen wie in all den Jahren zuvor. Bei ihm war es, als wäre sie alterslos – als wären die Jahre zwischen ihren Treffen gar nicht wirklich vergangen, sondern wären wie unbedeutende Träume nur vorbeigewischt.

Vielleicht liebten sie sich wirklich, aber warum hatten sie dann niemals versucht, ihre Liebe zu leben?

Nun aber war seine Frau tot.

Sie durfte es nicht wissen, aber sie wusste es. Über Robert Faber fand sich so einiges im Internet – seine Praxis, die Mitgliedschaft im Segelverein Schondorf, auch dass er einmal kurz im Stadtrat gesessen hatte, zum Glück für die Grünen.

Und nun, vor vier Wochen die Nachricht, dass Linda Faber nach kurzer, schwerer Krankheit verstorben war. Sie war älter als Robert gewesen, leider fand sich kein Foto von ihr im Netz.

Fast hätte Mara ihn mitten in der Nacht angerufen, aber dann waren ihr ihre eigenen Worte eingefallen – die ehernen Regeln, die sie sich auferlegt hatten: »Keine Nachrichten, keine Telefonate, keine Fragen.«

Verdammt, sie wurde alt. Sie wollte endlich bei jemandem zu Hause sein.

Als sie den Koffer gepackt hatte, klingelte wieder das Telefon. Sie erwartete, Hendriks Nummer auf dem Display zu sehen, aber zum Glück war es Anna.

»Mama, es gibt ein Problem«, sagte ihre Tochter wie üblich ohne jede Begrüßung.

Mara runzelte die Stirn. Klar, dass es ein Problem gab. Hatte mit Anna eine Verabredung jemals reibungslos geklappt? Sie konnte sich nicht erinnern. Außerdem ähnelten sie sich zu sehr – schon deshalb stritten sie sich oft.

»Ich weiß schon«, sagte Mara. »Du willst Pluto nicht nehmen, aber du musst – und es ist doch nur für eine Nacht und einen Tag.«

»Tom hat kurzfristig noch einen Auftritt angenommen – heute am frühen Abend, Hafencity, Weihnachtsparty für irgendeine Internet-Firma, bringt einen glatten Tausender für jeden.« Anna klang geradezu enthusiastisch, aber wahrscheinlich kein Wunder. Ihre Karriere als Sängerin hatte in diesem Jahr einen schweren Dämpfer bekommen. Die CD, die sie mit Tom produziert hatte und die sie über das Internet verkaufen wollten, lief schlecht bis gar nicht, aber noch immer bildete sie sich ein, mit Musik Geld verdienen zu können.

»Ist doch kein Problem«, erwiderte Mara leichthin. »Wenn du um sechs mit Pluto rausgehst, hält er locker bis morgen um acht aus. Musst eben ein wenig früher aufstehen.«

»Mama, unser Auftritt ist schon um sechs, und vorher haben wir einen Soundcheck. Außerdem müssen wir noch ein paar neue Lieder durchsprechen.« Anna klang nun verärgert. »Kann Dagmar nicht den Hund nehmen?«

»Dagmar ist in Peking, und Hendrik will ich den Hund nicht geben.«

Anna stöhnte nur. Ihren Stiefvater hatte sie nie leiden können. »Kannst du den Hund dann nicht mitnehmen?«, fragte sie zaghaft.

»Nein!«, stieß Mara aus. Das wäre gegen die Regeln gewesen – die Nacht in Köln gehörte Robert und ihr und niemandem sonst. »Dann musst du nach dem Auftritt kommen und Pluto mitnehmen«, fuhr sie mit strenger Stimme fort. »So lange kann der Hund alleine bleiben.«

Mit einem kurzen Gruß unterbrach sie die Verbindung.

Also musste sie mit dem Hund doch noch zur Alster, bevor sie sich ein Taxi rief, um zum Bahnhof zu kommen. Es war erst kurz nach zwölf. Gut, dass Samstag war, heute hatte sie genügend Zeit.

Auf der Straße meinte sie Hendrik zu sehen, der ihr auflauerte. Sollte er ihr doch nachspionieren – ihr war es gleichgültig. Hauptsache, er tauchte nicht wieder in der Praxis auf, um ihr eine Szene zu machen. Seine ewige Eifersucht war einfach lächerlich.

Im Park an der Alster ließ sie Pluto von der Leine. Er schien auch schlecht gelaunt zu sein und beachtete sie gar nicht. Träge lief er über eine Wiese.

»Pluto«, rief sie ihm nach. »Du bist mein Hund. Wenigstens du solltest freundlich zu mir sein.«

Ohne einen Blick rannte er zum Wasser hinunter.

Noch ein paar Stunden, dachte sie, dann liege ich in Roberts Armen. Vielleicht sollte ich ihm endlich den Gefallen tun und auf den Tango verzichten. Sie hatte ihm nie erzählt, dass sie als Studentin mit einem Argentinier zusammen gewesen war, der mit ihr einen Winter lang kaum etwas anderes getan hatte, als Tango zu tanzen.

Fünfzig Meter vor ihr, an einer Parkbank, schienen sich zwei zu streiten, ein Mann und eine Frau. Oder war das ein Überfall am helllichten Tag? Mara ging ein wenig schneller. Der Mann stieß die Frau vor sich her und beschimpfte sie. »Schlampe – ich habe dir vertraut … Und was machst du?«, schrie er.

Die Frau krümmte sich ein wenig und wich zurück. Sie hatte orangefarbene Haare. Sie wehrte sich nicht, verzog nur bei jedem Stoß das Gesicht.

»Soll ich Ihnen helfen?«, rief Mara herüber. »Belästigt dieser Mann Sie?« Im nächsten Moment schaute sie sich nach Pluto um. Konnte nichts schaden, den Hund an ihrer Seite zu haben, aber Pluto trabte achtlos am Wasser entlang.

Die Frau winkte ab. Ich werde mit dem Typen schon fertig, sollte diese Geste wohl bedeuten.

Dann geschahen ein paar Dinge gleichzeitig. Pluto scheuchte einen weißen Schwan auf, der sich majestätisch in die Luft erhob; der Mann strebte mit erhobenen Fäusten auf sie zu; hinter ihm betrat ein anderer Mann den Park, der eine verblüffende Ähnlichkeit mit Robert hatte. Aber was sollte Robert um diese Zeit in Hamburg? Einen Moment später hörte Mara hinter sich ein Motorengeräusch, das immer stärker wurde. Schon stand der Mann mit den erhobenen Fäusten vor ihr. Er schrie etwas, das sie nicht verstand. Sie machte einen Schritt zur Seite. Pluto bellte zornig auf, als sie umgeworfen wurde. Ein weißer Roller, auf dem ein Junge in einer gelben Jacke saß, hatte sie erwischt. Mit dem Oberkörper schlug sie gegen die Parkbank. Von einer Sekunde zur nächsten blieb ihr die Luft weg, ein furchtbarer Schmerz jagte durch ihren Körper.

Das Letzte, was sie wahrnahm, war das besorgte Gesicht eines blonden Mannes, der sich über sie beugte, und Pluto, der mit lautem Gekläffe heranstürmte.

# Viertes Kapitel

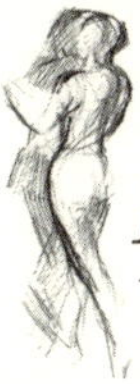

*I*ch muss es ihm sagen, dachte Mara – die ganze Wahrheit und dass es mir leidtut und dass ich ihn liebe … Für einen Moment hatte sie den Tango im Kopf, den der Argentinier mit den schwarzen, von Pomade glänzenden Haaren vor dreißig Jahren am Rockefeller Center gespielt hatte, so klar und deutlich, als stände er neben ihr. Wo kam diese Erinnerung plötzlich her zwischen all den Schmerzen, die jeder Atemzug verursachte? Einen Moment lang, als sie neben der Bank lag, umringt von dem blonden Mann und der Frau mit den orangefarbenen Haaren, die plötzlich hilfsbereit und friedlich waren, hatte sie das Gefühl gehabt, sterben zu müssen – jetzt und auf der Stelle, genau am 20. Dezember, ihrem Schicksalstag.

Sie lag im Krankenwagen, den der Junge, der sie angefahren hatte, schuldbewusst gerufen hatte. Ein junger Sanitäter hatte ihr eine Decke umgelegt und kontrollierte ihren Blutdruck. Mit eingeschalteter Sirene jagten sie aus dem Park.

»Fahren Sie mich nach Eppendorf in die Uniklinik«, sagte Mara mit heiserer Stimme, weil sich ihr Mund ganz taub anfühlte und sie kaum Luft bekam, »und geben Sie mir ein Schmerzmittel. Wahrscheinlich habe ich mir eine

Rippe gebrochen.« Daran, dass Schlimmeres passiert sein konnte, wollte sie lieber nicht denken.

Der Mann schaute sie an. »Ich kenne Sie«, erklärte er gleichmütig. »Oder genauer gesagt Ihre Tochter. Bin wegen Heuschnupfen auch mal in Ihrer Praxis gewesen. Die Kügelchen haben aber nichts geholfen, die Sie mir gegeben haben.«

Mara schloss wieder die Augen. Dann fiel ihr Pluto ein. Wo war der Hund abgeblieben?

Sie versuchte sich zu erheben, was ihr sofort wieder die Luft nahm.

»Keine Sorge«, sagte der Sanitäter, als hätte er ihre Gedanken erraten. »Der Hund sitzt vorn. Ist hinten wegen der Hygiene nicht gestattet – wir haben ihn mit meinem Wurstbrot in den Wagen gelockt. Ein braves Tier.« Er lächelte, als wäre ihm ein besonderer Coup gelungen.

An der Uhr an seinem Handgelenk sah Mara, dass es dreizehn Uhr sechs war. In genau vierzig Minuten ging ihr Zug. Wie sollte sie es nun noch pünktlich nach Köln schaffen? Man würde sie zumindest röntgen, und das würde bei der üblichen Krankenhausroutine mindestens zwei bis drei Stunden in Anspruch nehmen, aber wenn sie einen Taxifahrer überredete, sie nach Köln zu chauffieren, könnte sie noch gegen acht im Domhotel sein. Dann würde vermutlich nur der Weihnachtstango ausfallen müssen.

Als sie sich leicht bewegte, schoss sofort wieder ein greller Schmerz durch ihren Körper. Trotzdem schaffte sie es, ihr Mobiltelefon aus der Tasche zu ziehen.

Anna war nach dem dritten Klingeln am Apparat.

»Mama«, sagte sie vorwurfsvoll. »Du musst mich nicht

ständig anrufen. Ich kümmere mich schon um Pluto, wenn das Konzert vorbei ist.«

»Nein«, sagte Mara, und plötzlich wurde ihr schlecht vor Schmerzen. »Du musst sofort kommen. Ich hatte einen Unfall und bin auf dem Weg in die Uniklinik.«

So kannte Anna ihre Mutter: Wenn sie in Schwierigkeiten geriet, hängte sie sich ans Telefon und rief sie an: Anna, mein Schatz, ich bin mit dem Auto liegen geblieben, würdest du mich abholen? Anna, ich habe mir einen antiken Spiegelschrank gekauft – könntest du mir beim Transport helfen? Anna, der Hund ist mir weggelaufen, und ich muss in die Praxis, würdest du so nett sein und ihn suchen?

Und nun also ein Unfall – und Anna sollte alles stehen und liegen lassen und ins Krankenhaus fahren.

Manchmal wunderte es sie nicht, dass ihr Vater nicht mit ihrer Mutter ausgekommen war, auch wenn eigentlich sie sich von ihm getrennt hatte. Eine Zeitlang – wenn sie ehrlich war, noch vor ein paar Jahren – hatte sie versucht, die beiden wieder zusammenzubringen, aber was hatten der anerkannte Herzspezialist Professor Wolf Kaden und seine Exfrau Mara Simon, Expertin für Akupunktur, Homöopathie und neuerdings auch tibetische Urmedizin, noch gemein? Viel war es nicht.

Anna überlegte, ob sie nicht einfach Tom anrufen sollte, damit er den Hund aus dem Krankenhaus holte und kurz nachfragte, was mit ihrer Mutter war, aber dann siegte doch ihr Pflichtgefühl.

Der Hund hockte beim Pförtner in der Aufnahme und

ließ sich mit Chips füttern. Das Tier registrierte sie kaum, als sie in die Loge blickte.

»Kann der Hund noch einen Moment hierbleiben?«, fragte sie. »Ich möchte kurz nach meiner Mutter sehen.«

»Kein Problem!« Der Pförtner, ein älterer Mann mit Glatze, lächelte über das ganze Gesicht. »Ich hatte früher auch einen Hund – habe ihm eine Menge Tricks beigebracht.«

Anna erwiderte das Lächeln. »Pluto ist ziemlich dumm, er kann nur ›Sitz‹, ›Platz‹ und ›Tot‹.«

Als sie sich schon abgewandt hatte, hörte sie, wie der Mann »Tot, Pluto!« rief und der Hund laut aufjaulte.

Ihre Mutter befand sich noch in der Unfallaufnahme, aber man hatte sie bereits in ein Bett verfrachtet. Bleich lag sie da, und Anna erschrak. Was war mit ihrer Mutter passiert? Am Telefon hatte sie nicht panisch oder entsetzt geklungen, eher so, als hätte sie sich allenfalls den Fuß verstaucht.

An einer älteren Krankenschwester vorbei eilte sie an Maras Bett.

Ihre Mutter blickte auf, und fast schien es, als werde sie gleich in Tränen ausbrechen.

»Du musst für mich nach Köln fahren«, sagte sie. »Sofort!«

»Sag mir doch erst mal, was überhaupt los ist.« Anna spürte, wie ihr Zorn zurückkehrte. Selbst in einem Krankenbett empfing ihre Mutter sie mit einem Befehl.

»Ich bin gestürzt und mit dem linken Brustkorb auf eine Parkbank geschlagen. Das Röntgenbild hat klar gezeigt, dass drei Rippen gebrochen sind. Eine hat möglicherweise die Lunge verletzt.« Sachlich verkündete ihre Mutter die Diagnose. »Das heißt, ich werde wahrscheinlich über Weihnachten im Krankenhaus bleiben müssen. Deshalb musst du für mich fahren.«

»Nach Köln? Sofort?«, stieß Anna ungläubig aus.

Mara versuchte zu lächeln. »Ja«, sagte sie leiser. »Wenn ich dich nie um etwas gebeten habe, dann bitte ich dich jetzt, deinen Auftritt abzusagen und zu fahren. Es ist sehr wichtig.«

Anna lachte. Was sollte das? Musste ihre Mutter wieder ihren Kopf durchsetzen? »Wie stellst du dir das vor? In wenigen Stunden haben wir unseren Auftritt. Und was ist überhaupt in Köln?«

Argwöhnisch starrte sie ihre Mutter an. Endlich hatte sie diese Frage gestellt, hatte es nach Jahren endlich gewagt. Schon früher, in ihrer Kindheit oder während der Schulzeit, war ihre Mutter kurz vor Weihnachten nach Köln verschwunden und hatte sich jede Frage nach dem Grund verbeten. Niemandem, nicht einmal ihrem Vater, der wahrlich streng und entschlossen auftreten konnte, hatte sie gesagt, was sie dort tat. Später war es eine Art Routine geworden, wie bei jemandem, der einmal im Jahr zum Arzt ging und sich untersuchen ließ.

Ihre Mutter zögerte und griff an dem Laken herum. Dann sagte sie: »Du musst ins Domhotel gehen und nach Robert Faber fragen. Er ist neben dir der wichtigste Mensch in meinem Leben.«

# Fünftes Kapitel

Zwei kräftige Hände zogen ihn aus dem Wasser. Er röchelte und spuckte bitteres, eisiges Wasser. Ihm war übel und kalt. Mit Mühe kam er wieder auf die Beine, wäre aber sofort wieder ausgerutscht, wenn ihn die Arme nicht gehalten hätten.

»Alles in Ordnung?«, fragte jemand.

Robert schüttelte sich. Alles in Ordnung? Er hatte für einen Moment die Besinnung verloren und war der Länge nach in den Fluss gefallen. Nun erst sah er, dass die helfenden Hände einem uniformierten Polizisten gehörten. Anscheinend hatten auch noch andere Passanten den Streit am Wasser beobachtet und die Polizei alarmiert.

»Kommen Sie!«, sagte der Mann. »Sie müssen ins Warme – sonst holen Sie sich hier den Tod.«

Noch immer konnte Robert nichts entgegnen. Er begann zu zittern, seine Zähne schlugen heftig aufeinander. Die Kälte oder der Schock, fiel ihm ein. Dann sah er sich nach der Frau um. Wo war sie? War ihr etwas passiert? Zwei andere Polizisten kümmerten sich um den Mann in der Ledermontur – einer hatte sogar seine Pistole gezogen.

»Ziehen Sie Ihren Helm aus!«, befahl er mit schneidender Stimme. »Und dann legen Sie sich auf den Boden – hübsch langsam.«

Der Mann in der Ledermontur grunzte und griff sich an den Helm.

»Sie wissen doch, dass Sie sich Ihrer Exfrau nicht mehr nähern dürfen«, sagte der Beamte mit der Waffe.

»Wir brauchen noch einen Krankenwagen.« Der Polizist vor ihm sprach in sein Funkgerät hinein, während er Robert wachsam im Auge behielt.

In der Ferne meinte Robert zu sehen, wie die Frau von einem anderen Beamten weggeführt wurde. Dann wurde ihm plötzlich schwindlig. Seine Knie knickten ein, und er sank dem Polizisten förmlich in die Arme. Das Herz schlug wild in seiner Brust, und seine Sicht verschwamm. Sein Kreislauf brach zusammen.

»He«, sagte der Mann. »Machen Sie keine Dummheiten!«

Das Nächste, was Robert vage wahrnahm, waren die Sirenen des Krankenwagens, der über die Wiese auf den Fluss zurumpelte. Wie ein zu groß geratenes Kind hockte er im Schoß des Polizisten, der seine Uniformjacke um ihn gelegt hatte.

Ein Sanitäter sprang aus dem Wagen heraus und legte ihm eine Decke um.

»Ich hatte schon Angst, der Mann krepiert mir hier«, sagte der Polizist. Die Erleichterung war ihm anzumerken.

Die Dinge flossen ineinander. Er spürte Regen auf seiner Haut, kalten Regen – er lag immer noch im Fluss, geschlagen von einem unbekannten Mann. Er hatte Linda die Hand gehalten, als sie gestorben war. Er hatte sich immer eine Tochter gewünscht, die neben ihm herging, ihre zarten Finger in seine Hand gelegt. Er hatte dieses blaue Gefühl in sich, das aufgebrochen war, als er zum ersten Mal mit Mara geschlafen hatte. Er erinnerte sich noch, wie verblüfft sie beide gewesen waren, weil es sie gemeinsam hinweggespült hatte – in ihrem Zimmer mit Blick auf die hohen, kahlen Bäume im Central Park. Was war das? Was geschah mit ihnen? Ein Gefühl überwältigte sie und riss sie mit wie eine riesige Welle. Mara hatte Worte in sein Ohr geflüstert – nein, sie hatte etwas gesummt, ein Lied, ein paar Töne. Später hatten sie sich angezogen, waren hinausgestürmt. Mara hatte einen Weihnachtsmann auf der Madison Avenue umarmt und auf den angeklebten weißen Bart geküsst, und sie waren zum Rockefeller Center gelaufen, wo der schwarzhaarige Mann seinen Tango gespielt hatte.

Als Robert erwachte, richtete er sich abrupt auf. War er eingeschlafen? War alles nur ein Alptraum gewesen? Die Frau mit den Rosen? Der Sturz ins Wasser? Nein, er lag in einem Krankenhausbett. Man hatte ihm einen weißen Pyjama übergestreift. Über seinem Bett brannte eine Neonlampe, und jemand sah ihn an: Ein schwarzhaariger Mann mit dunklem Teint grüßte vom Nachbarbett herüber.

»Alles klar, Kumpel«, sagte er mit kölnischem Akzent. »Dachte schon, sie hätten dich mit Beruhigungsmittel weggeschossen.«

Weggeschossen?

Robert richtete sich auf. Wie spät war es? Vor dem

Fenster war es stockdunkel, kein Hauch Tageslicht mehr am Himmel.

Er wollte aus dem Bett stürzen, doch sein Kreislauf machte ihm sofort zu schaffen. Auch der Schwindel stellte sich augenblicklich wieder ein. Wahrscheinlich hatte er eine Gehirnerschütterung. Auch mit seinem linken Arm stimmte etwas nicht.

»Nun mal langsam, Freund!« Der Bettnachbar hatte sich erhoben. Ein junger Türke, erkannte Robert nun, der lächelnd auf ihn zukam und kerngesund zu sein schien.

»Pardon«, brachte Robert krächzend hervor. »Wissen Sie, wie spät es ist?«

Der Türke drehte sich um und blickte in die Schublade an seinem Nachtschrank. Er nahm eine goldene Armbanduhr hervor. »Gleich sieben Uhr«, erwiderte er gleichmütig. »Abendessen ist längst durch, wenn du das meinst, aber die Schwester macht dir bestimmt noch was zu essen.«

Sieben Uhr? Mara musste längst im Hotel sein – sie würde sich Sorgen machen.

Erneut unternahm Robert einen Versuch aufzustehen, doch sofort kehrte der Schwindel zurück. Als er den Ärmel seines Nachthemdes hochschob, entdeckte er eine üble Schürfwunde.

Der Türke schaute ihn an. »Hast du einen Namen? Hier weiß niemand, wer du bist. Alle paar Minuten kommen die Schwestern herein und gucken, ob du wach bist.«

»Ich heiße Robert Faber«, erwiderte er ein wenig förmlich. Er war es nicht gewohnt, dass Fremde ihn duzten. So etwas gab es in seinem bayrischen Dorf nicht. Hatte er keine Brieftasche dabei gehabt? Ja, konnte sein, dass er alles in seinem Hotelzimmer gelassen hatte. Eigentlich hatte er ja nur eine Tangokassette kaufen wollen. Er musste nun genau überlegen, wie er aus diesem Krankenhaus herauskam.

Der Türke hockte sich auf sein Bett und nahm die Fernbedienung des Fernsehers zur Hand, der vor ihnen von der Decke hing – neben zwei Stühlen und einem Schrank das einzige größere Mobiliar im Zimmer.

Robert zog vorsichtig die Beine an. Es bereitete ihm einige Anstrengung, aber seine Beine schienen nichts abgekriegt zu haben, registrierte er hoffnungsvoll. Als er sich seitlich drehen wollte, um sich auf die Bettkante zu setzen, ergriff ihn der nächste Schwindelanfall.

»Ich heiße Mahmut«, erklärte der Türke beiläufig, während er sich durch die Kanäle zappte. Ungeordnete Stimmen und Geräusche drangen aus dem Fernseher.

Robert wurde übel. Offenbar hatte es ihn doch schlimmer erwischt, als er angenommen hatte. Er öffnete die Nachtschrankschublade. Wo war sein Telefon? Sein Handy hatte er am Fluss noch dabeigehabt. Die Schublade war leer.

Er sank in die Kissen zurück.

»Ich glaube, die haben hier Angst, dass du abhaust, ohne zu bezahlen«, fuhr der Türke fort. »Sie mögen es nicht, wenn hier Leute liegen, die sie nicht kennen.« Sein Blick hing gebannt am Bildschirm. Ein Weihnachtsmann ritt mit einem Schlitten durch die Nacht und warb für Schokolade.

Ich muss irgendwie ins Domhotel kommen, sagte Robert sich. Es konnte nicht sein, dass Mara allein in ihrem Zimmer saß und sich fragen musste, ob er nicht plötzlich abgereist war. Doch vorher musste er anrufen, Bescheid geben, dass er sich wegen eines kleinen Unfalls verspäten würde. Oder vielleicht konnte Mara ihn abholen, ihm sogar ein paar von seinen Sachen mitbringen.

Mit Mühe setzte Robert sich auf die Bettkante. »Ich muss telefonieren«, flüsterte er vor sich hin, als würden ihm diese Worte Kraft verleihen.

Als der Türke lächelnd zu ihm herüberblickte, fragte Robert ihn: »Haben Sie ein Telefon? Kann ich Ihr Handy benutzen?«

Der Türke zuckte mit den Schultern. »Alles vergessen. War ein Notfall – Magenbluten, vermutlich Krebs. Könnte in der Familie liegen.« Er sagte das in einem sehr gleichmütigen Tonfall, als spräche er über eine harmlose Blinddarmreizung.

Für einen Moment wusste Robert nicht, was er sagen sollte. Er atmete durch, wie um sich für eine große Anstrengung zu wappnen. Aber wenn er nicht einmal die paar Schritte zum Schrank schaffte – wie sollte er da ins Domhotel gelangen?

Schwankend strebte er auf den Schrank zu. Kaum hatte er das Bett verlassen, fröstelte ihn wieder. Er sah seine weißen, fahlen Beine, die ihm plötzlich fremd vorkamen. Der Schrank war leer. Klar, seine Sachen waren klitschnass gewesen, davon hätte er ohnehin nichts mehr gebrauchen können. Auch keine Wertsachen lagen da, keine Schlüssel, kein Telefon.

Kaum hatte er sich von dem Schrank abgewandt, wurde an die Tür geklopft. Endlich ein Arzt, dachte Robert, er würde ihnen seinen Namen nennen und rasch die Lage erklären, und dann würde man ihn entlassen.

In der Tür stand ein uniformierter Polizist und schaute ihn an, als hätte er ihn bei einem Verbrechen ertappt. Robert war beinahe versucht, die Hände hochzureißen.

Der Beamte entschuldigte sich auch nicht, sondern schloss energisch die Tür hinter sich. »Schön, dass Sie wach sind«, erklärte er dann mit förmlicher Stimme. »Dann können Sie ja eine Aussage machen. Wie kam es, dass Sie unten am Fluss waren? Kann es sein, dass Sie Herrn Martin Krol geholfen haben, seine Frau zu überfallen?«

Das ist wohl ein Witz, dachte Robert. Da erlaubt sich jemand einen üblen Scherz mit dir. Wie kam man nur darauf, dass er an dem Überfall auf die Frau beteiligt gewesen sein könnte?

Der Polizist wartete, bis Robert es zurück in sein Bett geschafft hatte, dann bat er den Türken mit einer Stimme, die keinen Widerspruch duldete, das Zimmer für ein paar Minuten zu verlassen. Er müsse eine Vernehmung durchführen.

Mahmut lächelte Robert aufmunternd zu; er erwiderte das Lächeln. Nun fühlte er sich noch schwächer.

Der Polizist rückte sich den Stuhl zurecht. »Es gibt ein paar ungeklärte Fragen. So sind Sie beobachtet worden, wie Sie Frau Krol gefolgt sind. Ein Zeuge hat ausgesagt, dass es wie eine Observation ausgesehen habe.«

»Aber ... es ist alles ein Irrtum. Ich kenne die Frau nicht. Sie hat mich nur an jemanden erinnert, daher bin ich hinter ihr hergelaufen, und dann habe ich gedacht, sie sei eine Selbstmörderin und wolle sich ins Wasser stürzen.« Robert hob müde die Hände. Er glaubte, Fieber zu haben. »Und außerdem: Der Mann hat auch mich angegriffen. Ich bin der Frau zur Hilfe geeilt. Das muss doch auch jemand beobachtet haben.«

»Sie hatten keine Ausweispapiere bei sich!«, bemerkte der Polizist streng, ohne auf seine letzten Worte einzugehen.

Robert nannte ihm seinen Namen und erwähnte sogar seinen Doktortitel, was den Polizisten jedoch nicht beeindruckte. »Ich wohne im Domhotel … Hören Sie, ich habe heute Abend eine wichtige Verabredung. Ich muss daher …«

»Wir haben die Zeugenaussage der Frau noch nicht und werden Ihre Einlassungen überprüfen«, unterbrach ihn der Polizist. »Vorerst dürfen Sie das Krankenhaus nicht verlassen, aber die Ärzte werden das ohnehin aus medizinischen Gründen nicht gestatten.«

Fast hätte Robert gelacht. Die Ärzte gestatten es nicht? Er war selbst Arzt, und er würde schon einen Weg finden, um aus dem Krankenhaus herauszukommen, notfalls ohne dass jemand seine Einwilligung erteilte.

Der Polizist machte sich einige Notizen, aber statt ein Telefon hervorzuziehen, wie Robert es erwartet hatte, um seine Angaben sofort zu überprüfen, erhob er sich. »Ich darf Sie also bitten, so lange hierzubleiben, bis sich alles geklärt hat.«

»Was ist mit der Frau passiert?«, fragte Robert. »Warum hat der Mann sie angegriffen?«

Der Uniformierte steckte den Notizblock in seine Jacke zurück. Zum ersten Mal wirkte er ein wenig freundlicher gestimmt. »Frau Rosa Krol geht es gut. Sie hat nur ein paar Schrammen abbekommen, aber ihr Mann ist wirklich gemeingefährlich. Es liegen bereits drei Anzeigen gegen ihn vor. Seit ihr Kind im letzten Sommer im Rhein ertrunken ist, droht er seine Frau umzubringen. Er gibt ihr die Schuld an dem Tod des Kindes.«

»Ihr Kind ist im Rhein ertrunken? Hat sie deshalb rote Rosen in den Fluss geworfen?«

Der Polizist ging zur Tür. »Vermutlich. Eine echte Familientragödie. Heute wäre der Kleine sieben Jahre alt geworden. Deshalb ist Martin Krol vollkommen ausgerastet.« Er nickte Robert grüßend zu. »Sie hören von uns. Wenn Ihre Angaben stimmen, werden Sie als Zeuge geladen.«

# Sechstes Kapitel

Bevor sie in den Operationstrakt geschoben wurde, rief Mara ihr noch zu: »Versprich mir, dass du hinfährst, ja?«

Anna nickte. Ihre Mutter musste sofort operiert werden, weil die Gefahr bestand, dass eine gebrochene Rippe sich tiefer in ihre Lunge bohren könnte. So ähnlich hatte es ihr zumindest ein Arzt mit knappen Worten erklärt. Trotzdem spürte sie wenig Mitgefühl. Sie wollte nicht nach Köln fahren, um einen wildfremden Mann zu treffen, mit dem ihre Mutter wahrscheinlich seit Jahren ein Verhältnis hatte. Heute hatte sie ihren Auftritt, endlich konnte sie wieder vor Publikum singen, auch wenn es nur eine simple Weihnachtsfeier vor irgendwelchen Werbeleuten war. Und danach wollte sie Tom endlich reinen Wein einschenken, ihm sagen, dass sie schwanger war – zwölfte Woche – und dass sie das Kind behalten wollte. Toms Reaktion konnte sie sich leicht ausmalen, er würde Gift und Galle spucken; sie kannte seine Sprüche längst, er war Musiker und träumte von einem Studio in New York; ein Kind passte so gar nicht in sein Leben. Oder sollte sie bis Heiligabend warten, um ihm die frohe Botschaft zu verkünden? Aber da hatte ihr Vater sie wie jedes Jahr eingeladen, und ihm konnte sie unmöglich absagen.

Als sie in die Pförtnerloge blickte, war Pluto eingeschlafen und lag zu Füßen des glatzköpfigen Mannes. »Scheint sich hier wohlzufühlen«, erklärte er, bevor er ein Telefon abhob, an dem eine Lampe rot aufleuchtete.

»Ich kann den Hund gerne hierlassen«, erwiderte Anna, doch da hob Pluto den Kopf und trottete auf sie zu.

Manchmal wurde ihr alles zu viel. Sie wollte Sängerin sein und mit Tom glücklich werden, und ihre Mutter würde sie am liebsten allenfalls zweimal im Jahr sehen. Mara tat immer so, als wäre sie ihre beste Freundin, aber das war sie nicht; sie war eine Frau, die älter wurde und offenbar Angst vor dem Alleinsein hatte.

Während sie in die Hafencity fuhr, versuchte sie Hendrik zu erreichen, der den Hund übernehmen musste, doch es sprang nur seine Mailbox an. Sie bat kurz um einen Rückruf, obschon sie genau wusste, dass er sich einen Teufel um diese Bitte scheren würde. Auch bei ihrem Vater meldete sich niemand, nicht einmal seine Haushälterin; aber die hatte samstagnachmittags wahrscheinlich frei. Also würde sie den Hund irgendwo pinkeln lassen, und dann würde er im Auto auf sie warten müssen, bis der Auftritt zu Ende war.

Während sie einen Parkplatz suchte, hatte sie das erste Mal das Gefühl, ihr Kind zu spüren, auch wenn das natürlich Unsinn war.

Sie ließ Pluto die Straße hinuntertrotten. An einer Laterne hob er das Bein. Sie leinte ihn an und führte ihn zu ihrem alten Golf zurück. Zum Glück lagen die Temperaturen nicht unter dem Gefrierpunkt. Da würde der Hund es eine Weile im Kofferraum aushalten. Mühsam sprang der alte Labrador hinein und rollte sich sofort schicksalergeben zusammen.

Schließlich nahm Anna ihr Telefon hervor und rief das Domhotel in Köln an. Es war kurz vor halb fünf.

Eine beflissene Stimme meldete sich.

»Kann ich bitte Herrn Robert Faber sprechen?«, fragte sie und wunderte sich, wie aufgeregt sie klang. Sollte sie den Fremden fragen, wer er war und warum er sich offenbar seit Jahren an genau diesem Tag mit ihrer Mutter traf?

»Bedauere.« Die Antwort des Portiers erfolgte prompt. »Der Herr Doktor hat vor ein paar Minuten das Haus verlassen. Wollen Sie ihm etwas ausrichten?«

»Ja«, erwiderte Anna, ohne nachzudenken. »Mein Name ist Doktor Mara Simon. Bitte bestellen Sie ihm einen schönen Gruß von mir, und sagen Sie ihm, dass ich dieses Jahr leider nicht zu unserer Verabredung kommen kann. Ich wünsche ihm fröhliche Weihnachten und melde mich nach den Feiertagen bei ihm.«

Ohne eine Reaktion des Portiers abzuwarten, legte sie auf.

Er hätte der Frau nicht folgen dürfen – hätte er schlicht und einfach nur eine Tangokassette gekauft, säße er nun bereits mit Mara im Restaurant und könnte sich auf einen anregenden Abend und eine wunderbare Nacht freuen. Aber so war er – er grübelte zu viel, dachte zu oft darüber nach, was alles sein könnte, wenn … Nun aber musste er versuchen, irgendwie an Kleidung zu kommen, um sich aus dem Krankenhaus stehlen zu können.

Doch kaum hatte der Polizist das Zimmer verlassen, tauchte eine Krankenschwester auf, die ebenfalls seine Personalien aufnahm. Die Fragen nach seinen persönlichen Sachen kommentierte sie mit einem Achselzucken, und als er darum bat, telefonieren zu dürfen, antwortete sie: »Da müssen Sie die Stationsschwester fragen.«

»He«, sagte er und versuchte humorvoll zu klingen. »Es kann doch in Köln nicht so schwer sein, ein Telefonat zu führen.«

»Kommt darauf an«, erwiderte die Schwester und ging.

Schwer sank sein Kopf in die Kissen zurück. Wenn er eine Selbstdiagnose stellen müsste, würde er sagen, er hatte eine schwere Gehirnerschütterung erlitten und, bedingt durch die Unterkühlung, leichtes Fieber, das in der Nacht mit ziemlicher Sicherheit steigen würde.

Als der Türke ins Zimmer zurückkehrte, schrak Robert auf. Er war tatsächlich kurz eingeschlafen. Mahmut schaute ihn besorgt an.

»He, du siehst nicht wie ein Verbrecher aus. Hast du was angestellt? Was wollte die Polizei von dir?«, fragte er neugierig, während er zu seinem Bett schlurfte.

Robert schüttelte den Kopf. »Ich war Zeuge eines Überfalls«, antwortete er, eine Spur zu beflissen, wie er selbst bemerkte. »Ich wollte einer Frau zur Hilfe kommen und bin dabei in den Rhein gefallen. Das war alles.«

Der Türke runzelte ungläubig die Stirn, als wüsste er nicht recht, was er von dieser Antwort halten sollte. Dann hatte er wieder die Fernbedienung in der Hand und schaltete den Fernseher ein.

Robert begriff, dass Mahmut der Einzige war, der ihm helfen konnte.

»Ich bin in einer misslichen Lage«, erklärte er. »Ich habe in einer Stunde eine wichtige Verabredung im Domhotel, aber leider habe ich keinen Euro bei mir und auch nichts, was ich anziehen könnte.«

Der Türke blickte ihn mit leerem Gesicht an, wandte sich jedoch im nächsten Moment wieder dem Bildschirm zu.

»Vielleicht«, fuhr Robert fort und hatte plötzlich das Gefühl, als könnte der Türke ihn auf einmal nicht mehr verstehen, »könntest du mir ein paar Euro leihen und einen Pullover und eine Hose. Wir haben, glaube ich, ungefähr dieselbe Größe.« Es fiel ihm schwer, den Türken zu duzen.

Mahmut lächelte und ließ sich auf seinem Bett nieder. »Ich kapiere«, sagte er und tippte sich gegen die Stirn. »Du willst abhauen – die Biege machen, aber selbst wenn ich könnte, ich habe vielleicht zwei Euro bei mir. Und das!« Er sprang auf, lief zu seinem Schrank und öffnete ihn. Ein einsamer gelber Bademantel hing da. »Wie gesagt – ich war ein Notfall. Magenbluten. Hatte leider keine Zeit mehr, irgendwas einzupacken.«

Robert schloss die Augen. Ein furchtbarer Schmerz hatte hinter seiner Stirn zu pochen begonnen – als ließe die Wirkung von Schmerzmitteln nach, die man ihm verabreicht hatte. Konnte man einem krebskranken Türken seine letzten zwei Euro abnehmen? Er hätte nie gedacht, dass er einmal in solch eine Lage geraten könnte.

Plötzlich hörte er schwere Schritte im Gang, dann eine Glocke und ein tiefes theatralisches »Hohoho«.

Sofort riss er die Augen auf. Stammten diese Geräusche aus dem Fernseher? Nein, der Türke hatte den Ton abgedreht und schaute sich auf einem Sportkanal ein Billardspiel an.

»Gleich ist Bescherung«, sagte Mahmut, ohne den Blick vom Fernseher zu wenden, »aber ich bin Muslim. Mich interessiert euer christliches Spektakel nicht. Wahrscheinlich werden sie mir auch nichts schenken, sondern mir nur die Hand schütteln. Ich kenne diese Leute.« Er schnaubte abfällig.

»Bescherung?« Robert setzte sich wieder auf die Bettkante. Sogleich wurde ihm wieder schwindelig. »Wieso Bescherung? Es ist doch noch viel zu früh. Wir haben erst den 20. Dezember.«

»Ist hier wohl Tradition. Der Weihnachtsmann und der Bischof – oder irgendjemand vom Dom – laufen kurz vor Weihnachten von Tür zu Tür und verteilen Geschenke.

Wahrscheinlich haben sie am Heiligabend keine Zeit dazu. Dies ist ein katholisches Krankenhaus.«

Aus dem Nebenzimmer war ein dumpfes Lachen zu vernehmen, dann waren wieder das Glöckchen und schwere Stiefelschritte auf dem Flur zu hören. Waren sie als Nächste an der Reihe?

Robert legte sich in das Bett zurück und griff sich ins Haar, doch niemand öffnete die Tür. Auch die Geräusche verstummten.

Angespannt lauschte Robert. Auf dem Gang war es wieder still. Sie hatten sich das alles eingebildet, und der Türke hatte ihn zum Narren gehalten.

Mahmut schaltete den Fernseher aus und legte sich ins Bett, das Laken bis zum Kinn hochgezogen. »Sie sind gegenüber – Zimmer 216. Warte nur – gleich kommen sie.« Er sagte das, als würde er dieses Ritual schon zum wiederholten Male mitmachen.

Im nächsten Moment bimmelte ein Glöckchen, und jemand pochte laut gegen die Tür.

Am liebsten hätte Robert sich schlafend gestellt. Nachdem die Tür wie von Geisterhand aufgeglitten war, stand da tatsächlich ein Weihnachtsmann mit einem weißen Wattebart und einem roten Umhang, der einen schwarzen Sack vor sich her trug, und ihm folgte ein noch recht junger, magerer Priester mit dünnen blonden Haaren, die er streng gescheitelt hatte.

»Ich grüße euch«, sagte der Weihnachtsmann, und der junge Priester schlug ein Kreuzzeichen. »Das Weihnachtswunder ist nah.«

Mara erwachte in einem winzigen Einzelzimmer. Im Raum war es dunkel, bis auf eine kleine Notlampe über dem Bett, die ein wenig Licht verströmte. Als sie sich bewegte, spürte sie den Verband an ihrer linken Seite. Das Atmen fiel ihr noch immer schwer, aber zumindest waren die stechenden Schmerzen verschwunden. Sie tastete nach dem Nachtschrank neben sich. Irgendwo musste man ihre Sachen deponiert haben – ihre Armbanduhr und das Nokia. Sie hatte keine Ahnung, wie spät es war. Sieben oder acht Uhr? Hoffentlich hatte Anna sich sofort auf den Weg nach Köln gemacht.

»Hallo, sind Sie wach?« Aus einer dunklen Ecke des Raumes drang unvermittelt eine zaghafte Stimme, die eindeutig einem Mann gehörte.

Mara zuckte überrascht zusammen. War Hendrik da? Wusste er von ihrem Unfall? Nein, der Mann, der sich nun erhob und näher kam, war viel jünger, er trug schmutzige Jeans, hatte kurze blond gefärbte Haare und lächelte unsicher.

»Wer sind Sie? Was tun Sie hier?« Verstohlen schaute Mara sich nach dem Klingelknopf um, mit dem sie eine Krankenschwester herbeirufen konnte. Hatte sie einen

Dieb erwischt? Aber nein, sie hatte doch gar keine Wertsachen bei sich. Außerdem sah es so aus, als hätte der Mann schon länger da gesessen.

»Ich habe denen erzählt, ich wäre Ihr Sohn«, erklärte der Mann. Als er lächelte, wirkte er noch jünger und harmloser. »Da haben sie mich reingelassen. Ich wusste ja, wie Sie heißen. Ich habe die ganze Zeit gehofft, dass Ihnen nichts Schlimmes passiert ist. Und ich wollte mich auch entschuldigen … Mein Name ist Edgar.«

Mara kniff die Augen zusammen. Die gelbe wattierte Jacke, die der Mann trug … Vor ihr stand der Junge, der sie mit seinem Roller angefahren hatte. Nun, aus der Nähe wirkte er viel älter, nicht wie ein kaum Achtzehnjähriger, wie sie gedacht hatte.

»Sie sind mit Ihrem Roller durch den Park gefahren, nicht wahr?«, fragte Mara und versuchte sich aufzurichten. Gleich raste wieder ein Schmerz durch ihre linke Brust.

Edgar nickte und furchte die Stirn. Er trug Stoffhandschuhe, die so abgeschnitten waren, dass seine Fingerspitzen daraus hervorlugten. Bei einem Mann hatte Mara so etwas noch nie gesehen. »Eigentlich ist es etwas komplizierter … Es war gar nicht mein Roller, war von einem Freund geliehen … Ich wollte mich bei einem kleinen Theater vorstellen.« Er deutete auf einen zerschrammten Geigenkasten, der auf dem Stuhl lag, aus dem er sich erhoben hatte. »Wir könnten ein Geschäft machen: Ich spiele Ihnen gelegentlich etwas vor, und Sie erstatten keine Anzeige. Eine Anzeige könnte ich im Moment gar nicht gebrauchen.«

»Sie stecken in Schwierigkeiten?«, fragte Mara.

Erneut nickte Edgar und griff sich in sein blond gefärbtes Haar. »Ich habe Bewährung – nichts Großes. Verstoß gegen das Betäubungsmittelgesetz. Ich könnte auch sagen, ich bin mit harmlosen Drogen erwischt worden. Manchmal muss ich ein wenig Marihuana rauchen. Nicht der Rede wert.« Verlegen blickte er Mara an.

Mara schätzte ihn auf Mitte zwanzig, vielleicht war er sogar noch älter. Wenn man genau hinblickte, konnte man sehen, dass sich schon ein paar Falten um seine Augen eingenistet hatten.

»Aber einen Führerschein für Ihren Roller haben Sie hoffentlich?«, fragte sie. Es wäre verlockend gewesen, ihn zu bitten, sie nach Köln zu fahren, auch wenn ihre Operation und seine Fahrkünste mit dem Roller eher dagegen sprachen.

Edgar verzog das Gesicht, als bereitete ihm diese Frage echtes Unbehagen. »Im Moment leider nicht, aber im Grunde spielt das keine Rolle. Ich fahre jedes Auto, wenn es sein muss, sogar einen LKW. Ich würde wirklich gerne etwas für Sie tun – ganz egal, was es kostet.«

Mara überlegte einen Moment. »Ja«, sagte Mara dann, während noch immer Edgars forschender Blick auf ihr ruhte. »Sie können mir tatsächlich helfen. Ich vermisse meine persönlichen Sachen. Haben Sie ein Telefon dabei? Ich muss dringend telefonieren.«

»Kein Problem.« Mit einer schnellen Bewegung zog er ein silberfarbenes Gerät aus der Tasche. »Wen wollen Sie sprechen?«

»Verlangen Sie das Domhotel in Köln. Und dann geben Sie mir das Telefon!« Mara spürte, wie sich ihr Herzschlag beschleunigte. Wenn ihre Tochter ihr Versprechen eingehalten hatte, dann wäre sie längst auf dem Weg nach Köln, aber irgendwie beschlich sie der Verdacht, dass Anna sich allenfalls um Pluto gekümmert hatte und mit ihrem Freund, diesem verkrachten Musiker, zu ihrem Auftritt in die Hafencity gefahren war.

Als sie über die Auskunft ein Freizeichen bekommen hatte, reichte Edgar das Handy an sie weiter. Irritiert nahm Mara es entgegen – es war kein Handy, sondern ein Blackberry, wie Geschäftsleute es hatten. Sie hörte, wie sich eine warme, angenehme Männerstimme mit leicht kölnischem Akzent meldete.

»Mein Name ist Mara Simon«, erklärte sie. »Ich würde gerne mit Herrn Doktor Faber sprechen.«

»Oh, Frau Simon, wie schade, dass Sie dieses Jahr nicht kommen können! Herr Doktor Faber wird sehr enttäuscht sein, wenn er von Ihrer Absage erfährt.« Der Portier sprach zu ihr wie zu einer alten Freundin.

Mara brauchte einen Moment, um ihre Gedanken zu sortieren. »Hat meine Tochter also bereits angerufen?«

»Nein, Sie selbst haben doch vor zwei Stunden Ihr Treffen mit Herrn Doktor Faber abgesagt.« Der Mann zögerte. »Oder nicht? Waren Sie das gar nicht?«

Zorn durchflutete sie – Anna hatte also einfach angerufen und gesagt, dass sie nicht kommen werde. »Nein – ja, doch … ich habe angerufen«, erwiderte Mara unsicher. »Aber können Sie mich vielleicht zu Herrn Doktor Faber durchstellen? Ich würde ihm selbst gerne mitteilen, warum ich nicht kommen kann.«

»Bedauere.« Ehrlicher Kummer lag in der Stimme des

Portiers. »Herr Faber hat um kurz nach sechzehn Uhr das Hotel verlassen und ist noch nicht zurückgekehrt. Ich wundere mich selbst, dass er so lange ausbleibt.«

Als sie aufgelegt hatte, hatte Edgar den Stuhl an das Bett herangerückt. »Jetzt sehen Sie aus, als würden Sie auch in Schwierigkeiten stecken«, meinte er beinahe fürsorglich. »Soll ich nun für Sie spielen? Musik kann einen aufheitern. Auch wenn ich vielleicht auf den ersten Blick nicht den Eindruck mache – ich bin auf meiner Geige verdammt gut.«

Mara schaute ihn nachdenklich an. Wo war Robert? War ihm etwas passiert? Was hatte das alles zu bedeuten?

»Edgar«, sagte sie dann leise, »ich werde keine Anzeige erstatten. Da können Sie ganz sicher sein. Aber ich muss Sie um einen dringenden Gefallen bitten: Fahren Sie für mich in die Hafencity und finden Sie meine Tochter.«

# Neuntes Kapitel

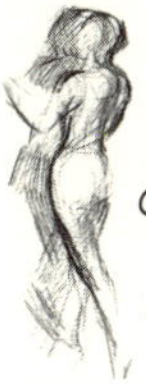

He, was sollte das? Interessierte sich neuerdings niemand mehr für Musik? Eine knappe Stunde hatte sie singen sollen, aber schon nach ungefähr zwanzig Minuten spürte sie eine schnell wachsende Unruhe im Saal. Die ersten Werbetypen liefen in ihren Tausend-Euro-Anzügen zum Büfett hinüber und bedienten sich, als müssten sie Angst haben, es wäre nicht genug für alle da.

Tom gab ihr hinter seinem Keyboard das Zeichen durchzuhalten; er hatte ihre Unruhe und ihren Zorn sofort gespürt. Verflucht, wenn da jemand auf der Bühne stand und alles gab, was er hatte, dann hatte man im Publikum die verdammte Pflicht zuzuhören. Als sie »Fever« sang, hauchte, schnurrte, schrie – der beste Song, den sie im Repertoire hatte –, wurde es noch unruhiger. Stühle scharrten über den Boden. Nun waren auch die ersten Frauen aufgestanden, Modepüppchen, die ein Kinderlied nicht von gutem Jazz unterscheiden konnten. Selbst an dem Tisch, wo angeblich die Chefs saßen – junge aalglatte Gesichter –, herrschte schon gähnende Leere. Und dann, während Anna sich verneigte und spärlichen Applaus erntete, rief einer dieser Scheißkerle herüber, ob sie nicht auch ein richtiges Weihnachtslied singen könne, »Stille Nacht«

oder »Süßer die Glocken« vielleicht. Er erntete lautes Gelächter, als hätte er einen unanständigen Witz erzählt.

Da hielt Anna es nicht mehr aus und stürzte von dem Podium in das Hinterzimmer, das als Garderobe fungierte. Während sie auf einem billigen Plastikstuhl hockte und mühsam die Tränen zurückhielt, hörte sie, wie Tom launig seine Absage machte, auf ihre CD hinwies und allen ein schönes Weihnachtsfest wünschte, als sei nichts geschehen.

Dann kam er, wie ein Boxer ein Handtuch um die Schulter, und setzte sich neben sie.

»Ist wohl nicht dein Tag heute«, sagte er und tätschelte gönnerhaft ihre Hand.

Sofort wurde sie noch wütender. »Was soll das denn heißen? Ich musste mich vor zweihundert Idioten hinstellen und singen.« Nun standen ihr doch Tränen in den Augen.

»Na und?«, erwiderte Tom ungerührt. »Damit muss ein Profi fertig werden. Weihnachtsfeiern sind so – da denken alle ans Saufen und fragen sich, wann sie mit ihrer Sekretärin abziehen können. Ich habe schon auf einer Weihnachtsparty gespielt, da haben sie hinter mir auf der Bühne einen richtig scharfen Striptease hingelegt.« Er lachte auf.

Plötzlich hasste sie ihn. Klar, er hatte alles schon erlebt und war so cool, dass ihm niemand etwas anhaben konnte.

Sie wusste, dass es vollkommen falsch war – der absolut ungeeignete Moment, aber irgendwie wollte sie ihm den Mund stopfen, ihn sprachlos machen. Einmal sollte auch der supercoole Tom vor Überraschung nach Worten suchen müssen.

Anna strich sich über den Bauch, der kein bisschen gewölbt aussah, und flüsterte: »Ich bin schwanger. Zwölfte Woche. Du wirst Vater.«

Er stöhnte. Dann sagte er mühsam beherrscht: »Nein, das ist nicht dein Ernst, oder?«

Als sie aufblickte, erschrak sie darüber, wie sich sein Gesicht verändert hatte. Er war nicht überrascht, sondern ... so fassungslos, als hätte sie ihm soeben die Nachricht überbracht, dass er unheilbar krank sei – Krebs im letzten Stadium.

Aber er berappelte sich schnell. »Du bist wütend«, erklärte er und grinste schief. »Deshalb wolltest du mir einen Schrecken einjagen, nicht wahr? Du ärgerst dich, dass ich uns diesen verdammten Auftritt vor irgendwelchen Werbefuzzis eingebrockt habe, und das ist deine Rache.« Er zupfte heftig an ihrer Bluse, als müsse er sie aufwecken.

»Was ist an einem Kind so schlimm? Ich bin über dreißig, und du bist schon fast vierzig. Wann sollen wir denn sonst Kinder bekommen?« Ihre Stimme zitterte; sie spürte, wie ihr eine Träne über die Wange lief.

»Wann wir Kinder bekommen sollen? Gar nicht!«, schrie er und trat so heftig gegen einen Plastikstuhl, dass er in eine Batterie Wasserflaschen kippte. »Ich will kein Kind, verdammt. Ich bin fast vierzig, ganz recht, und da muss ich an meine Karriere als Musiker denken. Was soll ich mit einem Blag? Mir die Nächte um die Ohren schlagen? Beim Kinderarzt sitzen und dir Händchen halten! Nein, auf keinen Fall!« Er drehte sich um und fluchte.

Dann nahm er eine der Wasserflaschen und schleuderte sie gegen die Wand, wo sie krachend zerbarst.

Anna zuckte zusammen und begann zu schlucken. So hatte sie Tom noch nie erlebt. Von anderen hatte sie gehört, dass er laut und cholerisch sein könne, aber niemals hätte sie gedacht, dass sie irgendwann einmal Angst vor ihm haben würde.

Als einer der Werbeleute hereinkam, den offensichtlich der Lärm herangelockt hatte, schaffte es Tom spielend, sofort wieder umzuschalten. Freundlich erklärte er, dass alles in Ordnung sei. Seine Freundin sei ein wenig krank, leichtes Fieber, deshalb sei auch der Auftritt nicht so gut gelaufen. Dass er eine Flasche zertrümmert hatte, überging er.

»Es wäre schön, wenn Sie Ihr Equipment gleich abbauen könnten. Nach dem Essen soll es mit dem Tanz losgehen«, erklärte der Werbetyp, ohne mit einem einzigen Wort auf ihren Auftritt einzugehen.

Warum taten alle so, als wäre ihr Gesang eine Katastrophe gewesen? Sie war genauso gut gewesen wie immer.

Aus den Augenwinkeln nahm sie wahr, dass Tom sich kurz zu ihr umdrehte, bevor er mit dem Werbetypen den Raum verließ. Klar, für tausend Euro Gage tat er alles, was man von ihm verlangte, und ein Wort darüber, dass sich das Publikum schäbig verhalten hatte, war von ihm nicht zu erwarten.

Anna packte ihre Tasche ganz langsam, damit Tom Zeit hatte, sich zu entschuldigen und ihr zu sagen, dass er Mist gebaut hatte. Ein Kind zu bekommen – das war eine gute

Nachricht. Das musste er doch einsehen, wenn er einen Moment in Ruhe darüber nachdachte!

Unruhig schaute sie sich um. So lange konnte es gar nicht dauern, das Keyboard, das Mikrofon und die zwei Lautsprecher abzubauen. Gelächter und laute Stimmen drangen zu ihr herein, aber niemand kümmerte sich um sie, und Tom kam auch nicht.

Schließlich hatte sie alles eingepackt: ihr Kleid, ihr Schminkzeug und ihre Turnschuhe, die sie immer auf der Bühne trug.

Von Tom immer noch keine Spur. Nur der Lärm, der aus dem Saal hereindrang, wurde immer lauter. Nun erklang auch Musik – »Last Christmas« von Wham – ausgerechnet! Diese Leute hatten wirklich keinen Geschmack.

Als Anna den Raum verließ und sich an der Wand entlang in Richtung Ausgang drückte, entdeckte sie ihn; er stand lässig, das Handtuch noch um die Schulter, am Büfett und unterhielt sich mit einer blonden Frau. Gelegentlich nippte er an dem Sekt, den er in der Hand hielt. Anna spürte, dass er sie längst bemerkt hatte, aber er blickte nicht zu ihr herüber; im Gegenteil, er rückte näher an die Frau heran und berührte sie sogar kurz am Arm, was die Frau mit einem unnatürlichen Lächeln quittierte. Anna kannte Tom nur zu gut. Die Botschaft war klar: Sieh her, sollte das heißen, ich komme hier zurecht, es muss an dir liegen, wenn du diese Leute nicht magst und sie dir nicht applaudieren.

Ohne dass jemand sie ansprach, verließ sie den Saal. Dann stand sie vor dem gläsernen Eingang. Es war längst dunkel und recht kühl. Es nieselte leicht. Hamburger

Weihnachtswetter. Pluto fiel ihr ein. Der arme Hund wartete seit Stunden im Auto auf sie.

Ein junger Bursche in einer hässlichen gelben Winterjacke hockte auf der Motorhaube ihres Golfs. Wahrscheinlich einer der Werbetypen, der draußen eine Zigarette rauchen wollte und sich besonders cool vorkam, wenn er da saß und in der Gegend herumgaffte.

Mit unfreundlichem Gesicht näherte sich Anna dem Wagen.

Zu ihrer Überraschung hielt der Mann gar keine Zigarette in der Hand. Lächelnd, als habe er auf Anna gewartet, blickte er ihr entgegen. Auf dem Rücken trug er einen Geigenkasten.

»Ich habe dich vorhin singen gehört«, sagte er, als Anna vor ihr stand. »Du hast eine tolle Stimme, ausdrucksstark und nicht zu glatt. Besonders ›Fever‹ hat mir gefallen – hat mir echt einen Schauer über den Rücken gejagt. Mach dir nichts draus, dass die Idioten da drin von so etwas keine Ahnung haben!«

Im Wagen begann Pluto zu winseln. Anna ging wortlos an dem Mann vorbei und öffnete den Kofferraum. Sofort sprang der Labrador heraus und trottete ein paar Schritte die Straße hinunter bis zur nächsten Laterne, wo er sofort pinkelte. Auf dem Weg zurück zum Auto trank er aus einer Pfütze.

»Sie gehören nicht zu den Werbeleuten?«, fragte Anna. Es war ihr lieber, beim Sie zu bleiben. Durch die riesige Glasfront konnte sie sehen, dass Tom immer noch bei der Blonden stand und gestenreich auf sie einredete. Inzwischen hatte sich jedoch eine zweite Frau zu ihnen gesellt und hing genauso wie die andere an seinen Lippen. Anna konnte sich leicht vorstellen, dass er wieder den großen Musiker heraushängen ließ, der schon einmal mit Udo Lindenberg und Oasis auf der Bühne gestanden hatte.

»Nö«, entgegnete der Mann und schaute sie neugierig an. »Ich heiße Edgar – mit diesen Schönlingen da drinnen habe ich nichts zu tun. Wenn du willst, können wir mal zusammen spielen. Ich habe alles drauf – Jazz, Klassik, Rock, was du willst.«

Anna nickte ohne jede Überzeugung. Dann ging sie zur Fahrertür.

Der Typ machte keine Anstalten zu verschwinden, sondern folgte mit den Augen ihren Bewegungen.

»Brauchst du Geld?«, fragte Anna plötzlich verunsichert. »Lebst du auf der Straße? Oder kann ich dir irgendwie helfen?«

Edgar griff sich in sein kurzes blond gefärbtes Haar und zerzauste es, als wäre es vorher viel zu ordentlich gewesen. Dann streckte er Pluto die linke Hand entgegen, die in abgeschnittenen Handschuhen steckte. Der Labrador schnüffelte sie schwanzwedelnd ab. Er war wirklich zu jedem freundlich.

»Es ist ein wenig kompliziert«, sagte Edgar, ohne aufzublicken. »Ich bin eine Art Bote und habe jemandem etwas versprochen – Mara, deiner Mutter, genauer gesagt.«

# Zehntes Kapitel

Der Weihnachtsmann machte ihn zu einem Kind, er lächelte über beide Wangen und hielt ihm eine Tüte hin, die mit roten Sternen bedruckt war. »Eine kleine Aufmerksamkeit«, sagte er. Sein Watteflausch im Gesicht rutschte ein wenig hin und her, so dass man sehen konnte, dass unter dem weißen ein schwarzer Bart verborgen lag. »Für eine rasche Genesung und ein schönes Weihnachtsfest.« Damit nickte er Robert auffordernd zu, die milde Gabe endlich anzunehmen.

»Vielen Dank – sehr freundlich«, murmelte Robert verlegen.

»Man darf die Hoffnung nie verlieren«, sagte der Weihnachtsmann, als hätte er einen Todkranken vor sich.

Robert wollte schon zu einer Erklärung ansetzen und entgegnen, dass er nicht ernsthaft erkrankt sei, aber der Mann hatte sich schon wieder abgewandt und stolzierte mit der gleichen Begrüßung auf den Türken zu, der ihn lächelnd, mit funkelnden braunen Augen erwartete.

Nur der schmale Priester verharrte noch einen Moment an Roberts Bett und hielt ihm einen Zettel hin – ein Bild mit dem mächtigen Kölner Dom.

»Hier sind alle Termine für die Weihnachtsmessen aufgeführt«, erklärte er sanft und legte das Papier wie eine

Spielkarte vor ihm auf das Laken. Dann wandte auch er sich ab.

Robert hörte den Türken und den Weihnachtsmann miteinander lachen. Offensichtlich war Mahmut weitaus gesprächiger, als er vermutet hatte.

»Egal, ob Christ oder Muslim – der liebe Gott ist für alle da«, sagte der Weihnachtsmann. Ein kölnischer Akzent hatte sich in seine Stimme geschlichen.

Robert erinnerte sich, dass er als Kind einmal ausgerechnet hatte, wie viele Kinder das Christkind zur Bescherung besuchen könnte, wenn es nur eine Minute unter jedem Weihnachtsbaum bliebe. Hinterher war er zu dem Schluss gekommen, dass die Geschichte vom Christkind, das jedem Kind auf der Welt die Geschenke brachte, eine Lüge sein musste. Aber so war er immer gewesen, fiel ihm auf, er rechnete die Dinge klein und nahm ihnen den Zauber.

Der Weihnachtsmann schlug noch einmal seine Glocke, und dann war er mit dem jungen Priester verschwunden.

Mahmut hatte sich schon über die Tüte hergemacht. Er jonglierte mit zwei prallen Orangen. »Die kommen bestimmt aus der Türkei – so schön, wie die sind«, sagte er. Als eine Frucht heruntergefallen war, begann er die andere zu schälen. Der Duft der Orange erfüllte den Raum.

Ohne große Neugier warf Robert einen Blick in seine Tüte und entdeckte, was er bereits erwartet hatte: eine Orange, ein paar Nüsse, eine kleine Tafel Schokolade. Das Übliche eben. Als er im Begriff war, die Tüte auf den Nachtschrank zu stellen, sah er die Postkarte, die einen hell erleuchteten Weihnachtsbaum zeigte. *Winteridylle am Rockefeller Center in New York*, lautete die Unterzeile.

Er spürte, wie ihn ein heißer Schauer durchfuhr. Wie kam jemand darauf, ihm in einem Kölner Krankenhaus eine solche Karte zu schenken?

Tränen traten ihm in die Augen. Für einen Moment fühlte er sich viel älter als Mitte fünfzig. Es war, als würde man ihm zeigen, dass sein Leben vorbei war und dass er keinen einzigen Traum verwirklicht hatte. Warum lag er noch hier? Warum machte er sich nicht endlich zu Mara auf?

»He«, sagte Mahmut, der plötzlich vor seinem Bett stand und ihm eine Orangenspalte hinhielt. »Bist du so gerührt? Hast wohl lange nichts mehr geschenkt gekriegt, was?«

Robert nickte und nahm die Orange. Mit einer ruckhaften Bewegung steckte er sie sich in den Mund. Erstaunlicherweise schmeckte sie so bitter, dass er sie kaum herunterbekam.

Mahmut schaltete bereits wieder an der Fernbedienung herum. Ein braun gebrannter Mann mit blondiertem Haar sang ein Weihnachtslied – irgendein Musikvideo aus den siebziger Jahren, das man jedes Jahr Mitte Dezember wieder hervorholte.

Robert versuchte sich zu erheben, aber sofort ließ ihn der Schwindel, der ihn ergriff, zurücksinken. Er schloss die Augen. Irgendwie musste er die Kraft finden, aufzustehen und zumindest ein Telefon zu finden, um im Domhotel anzurufen und Mara zu sprechen. Ach nein, eigentlich glaubte er nicht an Zeichen, aber er musste ihr diese Karte bringen und ihr von Angesicht zu Angesicht erzählen, was für einen verrückten 20. Dezember er erlebt hatte.

Mit der Postkarte in den Fingern rappelte er sich auf. Er blickte an sich herunter. Er sah lächerlich aus in dem weißen Krankenhauspyjama. An der Tür drehte er sich noch einmal um.

»Wissen Sie, wie weit es von hier zum Domhotel ist?«, fragte er Mahmut, der ihn interessiert anblickte.

»Willst du wirklich abhauen?«, fragte der Türke und blickte ihn staunend an. »Ins Domhotel? Ist nicht weit von hier – ein paar hundert Meter auf der anderen Seite vom Bahnhof, aber so, nur im Schlafanzug, wirst du nicht weit kommen!« Er lächelte.

Nur ein paar hundert Meter? Weiter weg hatte man ihn nicht gebracht?

»Ich werde mir noch ein paar Klamotten leihen«, sagte Robert, allerdings mehr zu sich selbst, als fasse er damit einen Plan.

Vorsichtig öffnete er die Tür und spähte hinaus.

Draußen auf dem Gang kamen der Weihnachtsmann und der junge Priester aus einem Zimmer. Ohne einander anzusehen, ließen sie die Glocke erklingen und klopften an die nächste Tür. Mit einem tiefen, kehligen »Hohoho« des Weihnachtsmanns traten sie ein.

Robert wartete noch einen Moment ab, bis er sich auf den Korridor hinauswagte. Niemand war zu sehen. Aus einer offenen Tür waren leise Radiomusik zu hören und Geräusche, als würde jemand etwas einräumen. Langsam bewegte er sich den Gang hinunter. Wie nur sollte er an Kleider kommen? Indem er eine Krankenschwester fragte und ihr seine Notlage schilderte? Das Beste wäre wahrscheinlich, im Domhotel anzurufen und sich ein paar von seinen Sachen bringen zu lassen.

Das Stationszimmer war an einem breiten Fenster zu erkennen, das auf den Flur hinauswies. Es war hell erleuchtet, doch hielt sich keiner in dem Raum auf. Als er sich umschaute, konnte er auch nirgends eine leuchtende Anwesenheitslampe über einem der Zimmer entdecken.

Vorsichtig folgte er dem Schild, das in Richtung Ausgang wies.

Plötzlich raunte ihm jemand in einem harten, osteuropäischen Akzent zu: »Mann, Raucherzimmer hinten links!«

Er zuckte zusammen, als eine ältere Frau in einem blauen Kittel einen Putzwagen hinter sich herzog. Bevor er sie etwas fragen konnte, war sie in einem Zimmer ein Stück vor ihm verschwunden.

Das Raucherzimmer! Vermutlich der beste Ort, jemandem zu begegnen, der zumindest ein Telefon besaß.

Robert ging weiter. Ihm war kalt. Gleichzeitig spürte er, dass sein Fieber stieg. Wenn er vernünftig war, würde er zurück ins Bett gehen und eine Schwester im Domhotel anrufen lassen, aber er war nicht vernünftig. Vielleicht war das immer sein Problem gewesen: zu viel Alltag, zu viel Vernunft und zu wenige Tage wie den 20. Dezember.

Das Raucherzimmer war nichts anderes als ein kleiner Glaskasten, in dem sich drei Stühle und ein winziger Tisch mit ein paar zerlesenen Zeitschriften befanden. Auch hier hielt sich niemand auf. Hatte es schon die große Entlassungswelle vor Weihnachten gegeben? Es hatte den

Anschein, als hätte man ihn in ein halbleeres Krankenhaus eingeliefert. Zumindest war es in diesem Glaskasten warm, wenn auch ein wenig stickig. Der letzte Raucher war offenbar erst vor wenigen Minuten abgezogen. Robert setzte sich auf den ersten Stuhl an der Tür, nahm sich eine Zeitschrift und gab vor, darin zu lesen. Er musste nachdenken und wieder zu Kräften kommen. Dann beobachtete er, wie der Weihnachtsmann und der Priester das Zimmer am Ende des Ganges verließen. Mit einer schnellen Bewegung streifte der Weihnachtsmann seine Mütze und seinen Rauschebart ab und wurde zu einem jüngeren, bärtigen Mann, der anscheinend froh war, seine Arbeit als Gabenbringer getan zu haben. Mit ein paar Worten, die Robert nicht verstehen konnte, reichte er dem Priester den schwarzen Sack, aus dem er die Geschenke geholt hatte, und verabschiedete sich mit einem förmlichen Händeschütteln von ihm.

Während der Priester mit nüchterner Miene den Gang hinuntereilte, verschwand der ehemalige Weihnachtsmann hinter einer Tür, die neben dem Stationszimmer lag. Nach wenigen Minuten tauchte er in einer weißen Pflegerkluft wieder auf und lief ebenfalls den Gang hinunter.

Robert kam ein Gedanke, der ganz und gar lächerlich war. Ein über fünfzigjähriger Mann, der erst seit ein paar Wochen verwitwet war, ein angesehener Landarzt obendrein – so ein Mensch würde doch nicht irgendwo eindringen, um den Umhang eines Weihnachtsmannes zu stehlen und in dieser Verkleidung aus dem Krankenhaus zu fliehen!

Aber während er diesen Einfall noch durchspielte, war

er schon aufgesprungen. Er schlich den Gang hinunter, bemerkte plötzlich doch eine leuchtende Anwesenheitslampe über einer Tür, die von innen langsam geöffnet wurde, und so rettete er sich förmlich in den Raum, in dem der Weihnachtsmann sich wieder in einen gewöhnlichen Pfleger verwandelt hatte. Der rote Umhang, der weiße Rauschebart und die rote Mütze hingen ordentlich über einem Stuhl. Linker Hand befanden sich etliche Metallspinde. Offenbar zog das Krankenhauspersonal sich hier um. Auch die schwarzen Lederstiefel standen da. Robert betrachtete die Karte, die er die ganze Zeit in der Hand gehalten hatte – den Weihnachtsbaum am Rockefeller Center. Ihm blieb keine Wahl. Mara wartete im Domhotel auf ihn, und nichts war wichtiger, als sie heute Abend zu treffen und mit ihr zu sprechen – über Linda und über ihn, aber vor allem darüber, dass er sie liebte.

Aus einem halboffenen Spind nahm er sich die weiße Hose eines Pflegers, die ihm mindestens zwei Nummern zu klein war, dann warf er sich den Umhang über, stieg in die Lederstiefel, in denen noch die Wärme des Weihnachtsmannes steckte, und streifte sich den Wattebart und die Mütze über. Es gab keinen Spiegel im Raum, aber er wusste genau, dass er nun wie der lebendig gewordene Weihnachtsmann aussah.

Niemand würde ihn aufhalten, keine Schwester, keine Polizei. Mara würde Augen machen. Heute Nacht würde sie mit einem Weihnachtsmann Tango tanzen, der irgendwie vom Himmel gefallen war.

# Elftes Kapitel

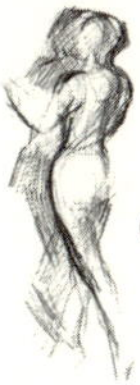

Anna wusste genau, was sie ihm sagen sollte. Edgar, scher dich zum Teufel! Du hast gut reden, du kennst meine Mutter nicht. Mein ganzes Leben lang kommandiert sie mich schon herum, sie nennt es »bitten«, dabei erteilt sie nur Befehle.

Stattdessen blickte sie zu dem Glaskasten hinüber. Die ersten Werbeleute hatten zu tanzen begonnen, Diskomusik dröhnte, und auch Tom hatte sich – noch dazu mit dieser Blondine – auf die Tanzfläche gewagt, was er für gewöhnlich nie tat. Welcher richtige Musiker tanzte schon!

Sie öffnete den Kofferraum und bedeutete Pluto hineinzuspringen. Offenkundig hatte der Hund keine Lust, sich schon wieder einsperren zu lassen. Erst nachdem sie an seinem Halsband gezerrt hatte, gehorchte er. Dann ging sie zur Fahrertür. Edgar hatte sie die ganze Zeit beobachtet, wortlos und äußerst interessiert, als sei er eine Wette mit sich selbst eingegangen, wie sie reagieren würde.

»Ich weiß gar nicht, warum du mich so anglotzt«, sagte Anna betont unfreundlich.

»Weiß ich auch nicht.« Er lächelte. »Aber ich mag dich – du bist ehrlich. So singst du auch.« Er sprang von der Motorhaube und baute sich neben der Beifahrertür auf, als wäre nun entschieden, dass er mitfahren würde.

»In vier Stunden können wir in Köln sein«, sagte er, während er auf den Sitz rutschte. Seinen Geigenkasten warf er auf die Rückbank.

»Ich denke gar nicht daran«, entgegnete Anna.

Sie startete den Motor. Nun bekam Tom seine letzte Chance. Sie war beinahe sicher, dass er sie die ganze Zeit noch im Auge hatte. Wenn er jetzt gegen das Fenster pochte, wäre sie bereit, ihm den Wutausbruch und das ganze Theater mit der Blonden zu verzeihen … Doch niemand kam atemlos angerannt und klopfte gegen die Scheibe.

»Ist frei – du kannst fahren«, erklärte Edgar und berührte ihren rechten Arm mit den Fingerspitzen. Für einen Geiger hatte er ziemlich große, grobe Finger, fiel ihr auf. Seine Handschuhe hatte er abgestreift.

Nachdem sie ausgeschert hatte, redete er weiter: »Bist du nicht neugierig, warum deine Mutter unbedingt will, dass du nach Köln fährst?«, fragte er.

»Nein. Bin ich nicht.«

Dabei stimmte das gar nicht. Während ihrer gesamten Schulzeit hätte sie gerne gewusst, warum ihre Mutter jeden 20. Dezember in Köln verbrachte. Niemand hatte etwas daran ändern können, weder ihr Vater noch Sören, Maras zweiter Mann, oder Hendrik, der peinliche Ehemann Nummer drei, der immer noch hoffte, sie zurückzugewinnen. Stets war klar gewesen, dass Mara kurz vor Weihnachten nach Köln fuhr – sie hatte auch nie versucht, zu lügen oder drum herumzureden. Hinterher hatte sie auch nie ein Wort darüber verloren.

Einmal, als Anna fünfzehn oder sechzehn war, hatte

sie sich vorgenommen, ihrer Mutter zu folgen. Sie hatte ihr am Hauptbahnhof aufgelauert und hatte hinten in den Zug einsteigen wollen, doch schon auf dem Bahnsteig hatte ihre Mutter sie entdeckt. »Fahr bitte wieder nach Hause!«, hatte sie vollkommen ruhig gesagt. »Jeder braucht ein Geheimnis, und dieser 20. Dezember ist meins. Vielleicht erzähle ich dir davon, wenn ich wieder da bin.«

Verlegen hatte Anna sich umgedreht und war in die Bahnhofshalle hinaufgelaufen. Von ihrem Geheimnis erzählt hatte Mara ihr jedoch nie.

Einige Jahre später hatte Anna ihre Mutter am Vorabend des 20. Dezember in ihrem Schlafzimmer ertappt, wie sie in einem neuen Kleid vor ihrem Spiegelschrank Tanzschritte übte, doch Anna war zu stolz gewesen, sie zu fragen, was sie da tat.

Aber damit war ihr endgültig klar: Ein Mann wartete Jahr für Jahr in Köln auf ihre Mutter, und das machte Anna beinahe eifersüchtig.

»Wo kann ich dich absetzen?«, fragte Anna jetzt. Sie warf Edgar einen Blick zu, während sie sich in Richtung Hauptbahnhof einordnete. Sollte sie zu ihrer Freundin Franziska nach Barmbek fahren oder zu ihrem Vater nach Blankenese? Sie wusste es nicht.

Edgar sah sie mit funkelnden Augen an und lachte unverschämt, als wisse er genau, dass sie ihn zum Narren halten wollte. »Ich bin schuld, dass deine Mutter im Krankhaus liegt«, sagte er dann wieder ernst. »Also habe ich ihr mein Versprechen gegeben. Ich schenke dir auch etwas dafür.«

Anna verzog spöttisch das Gesicht. Was konnte ein abgerissener Typ wie Edgar ihr schon schenken?

Er wartete einen Moment. »Nun bist du neugierig geworden, nicht wahr?«

Sie antwortete nicht, wunderte sich jedoch insgeheim darüber, wie selbstsicher er war. Als er in seine Tasche griff und ein längliches silberfarbenes Gerät hervorholte, glaubte sie, er wolle ihr sein Handy schenken. Was für eine absurde Idee! Doch dann bemerkte sie, dass es ein Diktiergerät war. Eine Sekunde später erfüllten himmlische Geigenklänge den Wagen. Mein Gott – wer spielte da? David Garrett höchstpersönlich! Aber nein, es klang nicht wie ein Stück von Mozart oder Haydn, sondern eher schottisch, wie moderner, leicht rockiger Folk, der sofort ins Ohr ging.

Unwillkürlich trat sie auf die Bremse und parkte mit laufendem Motor auf einem Radweg. Lächelnd beobachtete Edgar sie, während sie gebannt lauschte. Das Geigenspiel zog sie in den Bann, doch da waren im Hintergrund noch andere Instrumente zu hören, eine Gitarre, die den Rhythmus schlug, und ein sanftes Klavier.

Abrupt schaltete Edgar das Gerät wieder ab. »Einer meiner Songs – ziemlich gut, nicht wahr?«, sagte er voller Überzeugung. »Mir hat nur die richtige Sängerin gefehlt – bis heute.«

# Zwölftes Kapitel

Mara kannte so etwas nicht – untätig im Bett liegen. Sie war nie krank gewesen, nie ernsthaft verletzt. Einmal war sie vom Pferd gefallen und hatte sich die Schulter ausgekugelt, und beim Skifahren vor fünf Jahren hatte sie sich das Knie verdreht. Während Hendrik weiter auf die Piste gegangen war, hatte sie im Hotel bleiben müssen. Einen Augenblick lang, an den sie sich beängstigend genau erinnerte, hatte sie überlegt, einen Ausflug nach Schondorf zu unternehmen, um Robert in seiner Praxis aufzusuchen. Was hätte er wohl für ein Gesicht gemacht? Hätte er sie geküsst – wäre er ihr um den Hals gefallen? Bei allen Männern, in die sie sich verliebt hatte, war bei ihr irgendwann die Angst vor dem gemeinsamen Alltag gekommen, bei Robert aber fragte sie sich insgeheim, wie wohl das einfache Leben mit ihm wäre – das Aufstehen, Einkaufen im Supermarkt, Kochen und Abwaschen, all die kleinen Dinge, die Paare teilten.

Natürlich hatte sie den Gedanken, aus einer Laune heraus vor seiner Tür zu stehen, sofort beiseitegewischt – zumindest für eine Weile. Je schlechter die Dinge jedoch mit Hendrik liefen, desto häufiger hatte sie an Robert gedacht.

Was für ein Traum lebte seit dem 20. Dezember 1977 in ihr?

Wieder, zum fünften Mal in der letzten Stunde, nahm sie den Blackberry zur Hand, den Edgar ihr dagelassen hatte, aber noch immer hatte Anna ihr Handy nicht eingeschaltet. Was sollte das? Wollte Anna sie quälen – sie auf die Folter spannen? Aber wahrscheinlich war es ohnehin verrückt gewesen, dass sie einer Gestalt wie Edgar vertraut hatte. Der Blackberry in ihrer Hand konnte eigentlich nur geklaut sein und Edgars Geschichte gelogen. Vielleicht stimmte nicht einmal sein Name. Er hatte ihr seinen Familiennamen nicht genannt, sondern nur gesagt, dass sie sich keine Sorgen machen müsse. Er werde mit ihrer Tochter nach Köln fahren – ganz sicher.

Oh, wie gerne wäre sie aufgesprungen, wäre aus dem Hospital gelaufen und hätte sich im Taxi nach Köln bringen lassen! Aber schon eine leichte Bewegung nahm ihr den Atem. Die Rippen waren gerichtet worden, trotzdem glaubte sie, ihre verletzte Lunge zu spüren.

Als sie erneut das Domhotel anrief, sprach der Portier sie bereits mit ihrem Namen an; offenbar hatte er ihre Nummer auf dem Display wiedererkannt.

»Tut mir leid, Frau Doktor Simon«, sagte er, »Herr Faber ist immer noch nicht zurückgekehrt. Bedauere sehr. Ich hätte Sie sofort angerufen«, fügte er charmant hinzu.

»Aber dafür muss es eine Erklärung geben«, sagte sie und hörte selbst, wie panisch sie klang. »Könnte er in seinem Zimmer verunglückt sein – vielleicht ein Sturz, ein Herzinfarkt?« Sie wollte sich gar nicht ausmalen, was alles passiert sein könnte.

»Ich habe gleich nach Ihrem ersten Anruf jemanden hochgeschickt, der das Zimmer vorsichtig geöffnet und nachgeschaut hat. Das Zimmer ist leer. Herr Faber hat sogar seine Ausweispapiere zurückgelassen.«

»Vielleicht könnten Sie bei der Polizei nachfragen ...« Mara konnte kaum noch atmen vor Aufregung.

»Ich habe schon die Wache im Bahnhof angerufen, ob es vielleicht einen Überfall gegeben hat – man kann ja nie wissen, obwohl Herr Faber das Haus bereits um sechzehn Uhr verlassen hat. Es liegt jedoch nichts vor. Vermutlich gibt es eine einfache, harmlose Erklärung.« Der Portier mühte sich, sie zu beruhigen. »Herr Faber hat vielleicht einen Bekannten getroffen und schlicht und einfach die Zeit vergessen.«

»Ja, vermutlich«, sagte Mara und legte auf. Der Portier konnte nicht wissen, wie absurd diese Annahme war. In all den Jahren war Robert nicht ein einziges Mal unpünktlich gewesen. Auch wenn es ihm gewiss schwergefallen war, eine Ausrede bei seiner Frau zu finden, hatte sie sich immer darauf verlassen können, dass er bei ihrer Ankunft bereits auf sie wartete.

Sie sehnte sich nach ihm, und plötzlich tat es ihr um all die Jahre leid, die sie nicht mit ihm verbracht hatte. An was für idiotische Männer hatte sie sich gebunden, während sie mit ihm bisher nur einunddreißig Nächte verbracht hatte – einunddreißig Nächte, dabei hätten es gut und gerne etliche tausend sein können, wenn sie nur ehrlich gewesen wäre und sich getraut hätte, ihm ihre Liebe zu gestehen.

Die Uhr auf dem Display des Telefons zeigte 19:39 an.

Verdammt, war Anna endlich unterwegs? Warum meldete sich nicht wenigstens Edgar? Es war doch seine Schuld, dass sie hier lag.

Als sie den Blackberry erneut hervornahm, war sie verblüfft, dass ihr die Nummer sofort einfiel. Nach all den Jahren, in denen so viel passiert war, tippten ihre Finger die Ziffern beinahe automatisch ein, als hätte sie erst gestern diesen Anschluss gewählt, dabei war es gewiss zehn, zwölf Jahre her – sie konnte sich nicht einmal genau erinnern.

Mara schloss die Augen, spürte, wie ihr Herzschlag sich beschleunigte, und sah in einer alten, weiß getünchten Villa in Blankenese ein unmodernes Telefon auf einem antiken Tischchen klingeln. Efeu umrankte das Haus, alte Bäume verschatteten den Garten, Eichhörnchen liefen die Stämme hinauf. Vögel hatten sie dort frühmorgens stets mit ihrem Gesang geweckt – eigentlich ein Paradies. Nur hatte sie es da nach einiger Zeit nicht mehr ausgehalten … die Steifheit, das Leben nach der Uhr. Nur um Krankheiten, Operationen und Patienten war es gegangen, alles andere war ihm unwichtig erschienen. Und ihr engster Freund war ein Investmentberater gewesen.

Es klingelte zum sechsten Mal. Sie wollte schon auflegen; es war Samstagabend, natürlich, da gab es gewisse gesellschaftliche Verpflichtungen, die Rotarier, der Golf-Club.

»Kaden«, hörte sie nun eine dunkle Stimme.

Sie zögerte einen Moment. Im Hintergrund lief Musik, Jazz. Klar, er hörte Jazz, wenn er sich entspannen wollte, früher, als Student, war er sogar ein passabler Pianist gewesen. Vermutlich hatte Anna ihr musikalisches Talent von ihm.

»Wer ist denn da?«, fragte die Stimme ungehalten.

Sie räusperte sich. »Ich bin‹s, Wolf«, sagte sie leise.

»Mara! Mein Gott – was ist mit dir?«

Plötzlich traten ihr Tränen in die Augen; er hatte sie sofort erkannt und schien sich sogar zu freuen.

»Ich bin in der Uniklinik – nichts Ernstes«, erwiderte sie schnell.

»In meiner Klinik? Wieso weiß ich nichts davon?«

Sie lächelte. In *meiner* Klinik? Ja, so war Wolf immer gewesen, der geborene Chefarzt, der sich um alles kümmerte.

»Ich bin mit dem Rettungswagen eingeliefert worden, ein Sturz im Park, habe mir ein paar Rippen gebrochen. Außerdem weiß hier ja niemand, dass wir mal verheiratet waren.«

»Lass mich wissen, wenn ich etwas für dich tun kann. Hast du wenigstens ein Einzelzimmer?«, fragte er fürsorglich.

»Ja. Nur einen Telefonanschluss habe ich noch nicht, deshalb rufe ich dich von einem Handy an.«

»Seltsam. Ich habe heute noch an dich gedacht – das tue ich an jedem 20. Dezember. Merkwürdig, nicht wahr?«

»Ja«, sagte sie verlegen, und plötzlich kam sie sich schuldig vor. Nach so vielen Jahren stand ihr der Betrug vor Augen – sie hatte Wolf nicht ganz in ihr Leben gelassen, weil es diesen 20. Dezember gegeben hatte.

»Bist du glücklich geworden?«, fragte Wolf in einer Sanftmut, die sie an ihm verblüffte. »Du bist auch später noch an jedem 20. Dezember weggefahren. Anna hat es mir erzählt.«

»Danach hast du sie gefragt?« Mara konnte kaum noch atmen. Wann hatte sie Wolf zuletzt gesehen? Vor einigen Jahren; zufällig an einem Sonntagmorgen am Jungfernstieg, mit Erika, seiner zweiten Frau. Nachdem sie ihn verlassen hatte, war nicht viel Zeit vergangen, bevor er seine Sekretärin heiratete. Mit ihr war er anscheinend glücklich geworden, aber gemeinsame Kinder hatten sie keine bekommen.

Wolf lachte. »Ich wollte doch immer wissen, wie es dir geht. Ich weiß zum Beispiel, dass deine Praxis sehr gut läuft. Auch wenn ich ein alter Schulmediziner bin, habe selbst ich begriffen, dass es für manche Menschen besser ist, wenn sie nach Alternativen suchen.«

Sie schwiegen für einen Moment. Aus dem großen Haus atmete Einsamkeit zu ihr herüber, als wäre Wolf, der berühmte Herzprofessor, an diesem letzten Wochenende vor Weihnachten auch allein.

Nein, wollte Mara plötzlich sagen, ich bin nicht glücklich geworden – mit niemandem.

Stattdessen aber fasste sie sich. Wolf hatte erstaunlich viel Geduld.

»Ich habe einen bestimmten Grund, warum ich dich anrufe«, erklärte sie mit festerer Stimme. »Ich möchte, dass du mich von meinem Versprechen entbindest. Es war ein Fehler, dieses Versprechen, und ich möchte zumindest diesen Fehler wiedergutmachen. Verstehst du das?«

Eine kleine Weile sagte er nichts. Sie hörte, wie er tief ein- und ausatmete. Die Jazzmusik im Hintergrund lief nicht mehr. »Du hast recht«, sagte er nach zwei weiteren Atemzügen. »Ich gebe dir dein Versprechen zurück. Wenn du magst und es dir besser geht, können wir uns gerne an einem der Weihnachtstage treffen.«

Schon hatte er ohne ein weiteres Wort aufgelegt.

Mara fühlte eine Trauer, die sie überraschte, als hätte sie soeben erst einen Schlussstrich unter eine Ehe gezogen, die seit über zwanzig Jahre geschieden war. Gleichzeitig war sie erleichtert. Eine Schuld zumindest würde sie in dieser Nacht abtragen.

Sofort tippte sie Annas Nummer ein, doch noch immer meldete sich nur eine elektronische Stimme, die sie aufforderte, eine Nachricht in der Mailbox zu hinterlassen.

Es war 19:48 Uhr.

Wo steckte Anna bloß?

Anna überließ Edgar das Steuer – sie fühlte sich müde und zerschlagen. Die Sache mit Tom setzte ihr zu. Als sie kurz das Mobiltelefon einschaltete, sah sie, dass er nicht angerufen hatte, sondern nur dreimal ihre Mutter – von Edgars Telefon aus. Er hatte es ihr überlassen.

Edgar war ein komischer Vogel. Er fuhr sehr schnell, blieb immer auf der linken Spur. Trotzdem hatte sie nie den Eindruck, dass er den Golf nicht im Griff hatte. Gelegentlich blickte er lächelnd zu ihr herüber. Dann fragte er sie eine Stunde lang nach Bands aus – ob sie das kenne und jenes und ob sie auch gelegentlich Marihuana rauche. Als wolle er sie auf die Probe stellen. Widerwillig gab sie ihm Auskunft – auch weil sie einsehen musste, dass er sich besser auskannte als sie. Insgeheim aber wusste sie, dass er nur redete, um eine Frage vorzubereiten. Kurz vor Osnabrück, als der Verkehr dichter geworden war und sie in einer Baustelle nur noch langsam vorankamen, stellte er sie dann endlich.

»Warum will deine Mutter unbedingt, dass du nach Köln fährst? Wen sollst du da treffen?«

Anna gähnte übertrieben. Über ihre Mutter wollte sie als Allerletztes reden, dann schon eher darüber, was für ein Mistkerl Tom war und wie es nun mit ihrem Kind weitergehen sollte. Würde sich das mit Tom wieder einrenken? Sie war sich plötzlich nicht mehr so sicher. Und in vier Tagen war Weihnachten. Überall rechts und links der Autobahn waren angestrahlte Weihnachtsbäume und von Sternen oder elektrischen Kerzen erleuchtete Fenster zu sehen.

»Was ist mit dir?«, fragte sie, statt eine Antwort zu geben. »Warum hast du Zeit, mit einer wildfremden Frau nach Köln zu fahren? Wartet heute Abend niemand auf dich?«

An seinem Gesicht, das ein wenig angespannter wirkte, erkannte sie, dass sie genau die richtige Frage gestellt hatte. Er war gar nicht der ungezwungene Geiger, der er zu sein vorgab.

»Wo wohnst du eigentlich?«, fragte sie weiter. »Hast du irgendwo eine Bleibe?«

Nachdem sie die Baustelle hinter sich gelassen hatten, gab er Gas und scherte gleich wieder auf den äußeren Fahrstreifen aus.

»Nicht schlecht für jemanden, der gar keinen Führerschein mehr hat«, sagte er lächelnd.

Sie wusste nicht, ob sie ihm glauben sollte, doch zuzutrauen war es ihm, dass er sich ohne eine Erlaubnis hinters Steuer setzte.

»Gar nicht blöd, meine Frage mit deiner zu beantworten. Also gut, erst rede ich, dann erzählst du, wovon du träumst. Okay?«

Anna nickte. Sie überholten einen hell erleuchteten Lastwagen, auf dem ein Schlitten mit einem Weihnachtsmann aufgemalt war. Allmählich schien das ganze Land in Weihnachtsstimmung zu geraten. Sie selbst jedoch hatte noch keinen Gedanken an Geschenke verschwendet.

»Ich wohne im Hotel«, erklärte Edgar. »Nicht im Atlantic, wie Lindenberg, sondern in einer kleinen Villa am Bahnhof Dammtor – vierzehn Zimmer, eines davon gehört dauerhaft mir.«

Sollte sie ihm das glauben? Sie blickte ihm ins Gesicht und forschte nach einem spöttischen Lächeln, nach den Spuren einer Lüge, doch er wirkte ernst und ehrlich.

»Meistens aber bin ich unterwegs – ich spiele Geige, oder ich bin auf meinem Tierhof.«

»Tierhof?« Nun begriff sie gar nichts mehr.

Er nickte. »Ich habe eine Stiftung gegründet – wir kümmern uns darum, alte Tierrassen zu züchten, Schweine zum Beispiel oder auch Pferde. Aber natürlich nehmen wir auch Tiere auf, die irgendwo ausgesetzt werden, wenn wir davon erfahren.«

Sie richtete sich auf und beugte sich vor. »He, du willst mich auf den Arm nehmen! Du läufst wie ein Penner mit einer alten Geige durch die Gegend, dabei wohnst du im Hotel und hast eine Stiftung?«

Edgar nickte. »Deshalb erzähle ich es auch niemandem. Nicht mal die Leute auf dem Tierhof wissen, dass mir der ganze Laden gehört. Ist ja auch nicht wichtig. Ich liebe eben Tiere, die es eigentlich nicht mehr gibt. Und außerdem denke ich darüber nach, endlich eine eigene Band zu gründen.« Herausfordernd schaute er sie an.

»Du bist also reich und tust nur so, als hättest du keinen Cent in der Tasche?« Anna stöhnte auf. »So einen Unsinn habe ich ja noch nie gehört.«

»Okay«, sagte Edgar. »Das war meine Geschichte.« Plötzlich wirkte er ziemlich mürrisch. »Kommen wir zu dir. Wer war der Typ, der dich auf dem Keyboard begleitet hat? Habt ihr was miteinander? Bist du deshalb so schnell abgehauen, weil er sauer auf dich war?«

»He! Deine Geschichte ist noch nicht zu Ende. Wieso bist du reich? Das musst du noch erzählen.« Anna berührte ihn am Arm, doch er blickte nur geradeaus. Auf einmal kam er ihr älter vor, sie hatte ihn auf zwanzig geschätzt, doch er musste mindestens fünfundzwanzig sein, vielleicht sogar Anfang dreißig.

»Ich finde, ich habe genug erzählt.«

Der Motor ihres Golfs dröhnte nun so laut, als würde er alles aus der Maschine herausholen. Einhundertachtzig Stundenkilometer – so schnell war sie noch nie gefahren.

Er schaltete das Radio ein, doch es kam nur statisches Rauschen.

»Warum bist du reich?«, wiederholte sie und stellte das Radio wieder aus. »Weil dein reicher Vater dir jeden Monat fünftausend Euro rüberschiebt, damit du ihm nicht auf die Nerven gehst?«

Edgar schnaubte belustigt. »Fünftausend Euro! Ich habe genug Geld, weil mir genau ein Viertel einer großen Reederei gehört – zurzeit exakt zweiundzwanzig Containerschiffe.«

Sie konnte nicht glauben, dass er log. So dreist log niemand. Sie saß neben einem Reedereibesitzer, der eine schreckliche gelbe Jacke und geflickte Jeans trug. Ein totaler Spinner!

»Irre!«, flüsterte sie vor sich hin. »Ist ja irre.«

Edgar blieb ernst, zeigte keinen Anflug eines Lächelns, mit dem er alles, was er gesagt hatte, zurücknehmen würde.

»Da sind deine Eltern wohl richtig stolz auf dich, dass du dich so um das Geschäft kümmerst«, fuhr sie spöttisch fort.

»Du wirst lachen«, sagte er, »ich kümmere mich tatsächlich ums Geschäft – aber auf meine Art. Dazu muss ich nicht jeden Tag in ein ödes Büro gehen und einen auf wichtig machen. Meine Eltern sind außerdem tot. Mein Vater ist vor genau elf Jahren, am 21. Dezember 1997, von seinem Hometrainer gefallen. Herzinfarkt. Ich war dabei und habe ihn nicht gerettet.«

O verdammt – das war wie ein Tiefschlag in den Magen. Warum hatte sie nur diese Frage gestellt? Sie hätte sich denken können, dass bei einem wie Edgar etwas nicht in Ordnung war.

Eine Weile schwiegen sie. Anna hatte nur ein viel zu leises »Tut mir leid« geflüstert, das aber wohl in den Fahrgeräuschen untergegangen war, die bei dieser Geschwindigkeit den Golf durchschüttelten.

Edgar blickte starr geradeaus. Sie steckte sich eine Zigarette an und reichte sie ihm herüber.

»Ich rauche eigentlich nicht, nur Marihuana – eine lästige Angewohnheit, die ich einfach nicht ablegen kann«, sagte er lächelnd und steckte sich die Zigarette in den Mund. Da hing sie und qualmte vor sich hin.

Aus Verlegenheit und schlechtem Gewissen wollte sie schon anfangen, von Tom und ihrem Kind zu reden, als er plötzlich sagte: »Ich verstehe gut, wenn jemand abhauen will – an einem bestimmten Tag. Ist mir auch immer so gegangen. Meistens war ich am 21. Dezember auf Sylt, habe den ganzen Tag am Strand gesessen und aufs Meer hinausgeschaut. Einmal war ich auch in Kapstadt am Strand, war aber nicht dasselbe – zu warm, zu schönes Wetter. Köln ist eine echte Alternative.«

Anna sagte nichts. Sie nahm ihm nur in einer Geste, die ihr im nächsten Moment zu vertraut vorkam, die Zigarette aus dem Mund und rauchte sie weiter.

»Mein Vater hatte seinen Fitnessraum im Keller. Da ging er immer als Erstes hin, wenn er aus der Reederei nach Hause kam. Saß auf seinem Hometrainer, strampelte sich ab und sah sich die Nachrichten oder Börsenberichte an – ntv gab es damals schon. Manchmal bin ich zu ihm runtergegangen, war die beste Zeit, ihm irgendwelche Dinge beizubringen; schlechte Zensuren z. B. oder dass ich eine neue Freundin hatte oder Geld brauchte für ein Instrument. Auf diesem blöden Rad hörte er einem zu, und dann an diesem Tag, hat er auf den Bildschirm über ihm gestarrt, irgendwie abwesend, und plötzlich hat er aufgestöhnt und ist langsam, wie in Zeitlupe, vom Sattel gefallen. Es sah beinahe lustig aus, als würde er einen Witz machen, aber dann ist er am Boden zusammengesackt und hat furchtbar gestöhnt. Schweiß stand auf seiner Stirn, und er war totenbleich. Ich habe die ganze Zeit auf meinem Hocker gesessen und war wie erstarrt. Erst ein, zwei Minuten später bin ich zu mir gekommen und bin nach oben gerannt, um Hilfe zu holen. Ein, zwei Minuten … vielleicht haben ihm die am Ende gefehlt. Mein Vater war nämlich nicht sofort tot, wie man hinterher festgestellt hat.«

Edgar wurde langsamer und bog in die Zufahrt einer Raststätte ein, Münster-Süd. Konnte er nicht mehr weiterfahren – hatte ihn dieses Geständnis zu sehr angestrengt? Er schien zu glauben, dass er seinen Vater umgebracht hatte, weil er nicht rechtzeitig den Rettungsdienst alarmiert hatte.

Nein, begriff sie dann, mit Edgar war alles in Ordnung. Er fuhr lediglich an eine Zapfsäule, um zu tanken.

Wie eine Idiotin kam sie sich vor. Sie sah, wie er fachmännisch mit dem Schlauch hantierte und den Stutzen auf den Tank setzte. Als er aus dem Kassenhaus trat, hatte er eine rote Rose in der Hand und reichte sie ihr.

»Hier – kannst du vielleicht nachher gebrauchen. Du triffst doch den geheimen Lover deiner Mutter, nicht wahr? Ihre Weihnachtsliebe?«

»Vermutlich«, sagte sie, »aber scharf bin ich nicht darauf, den Typen zu sehen. Jedes Jahr kurz vor Weihnachten ist sie zu ihm gefahren, wahrscheinlich eine Sandkastenliebe.«

»Ist doch cool«, sagte er, »wenn jemand über so lange Zeit in einen anderen verliebt ist.«

Anna nickte. Sie dachte an Tom. Vorsichtig, als dürfe Edgar es nicht bemerken, schaltete sie das Mobiltelefon ein. Zwei neue Nachrichten – ihre Mutter in ihrem verdammten Krankenhausbett war wirklich hartnäckig. Sofort knipste sie das Gerät wieder aus.

»Hat jemand dir Vorwürfe gemacht – dass du nicht schnell genug Hilfe geholt hast?«, fragte sie zaghaft.

»Nein«, sagte er, »nur ich selbst. Ich weiß ja, dass es wahrscheinlich nicht stimmt, aber seither versuche ich nur das zu tun, von dem ich glaube, dass es richtig ist. Deswegen das Hotel und der Tierhof; deswegen mache ich keine Kompromisse mehr und lebe so, wie ich es will.«

»Und deine Mutter? Was ist mit ihr passiert?« Anna erforschte sein Gesicht. Das angedeutete Lächeln verschwand.

»Sie war eine Pianistin, die nie groß rausgekommen ist. Den Tod meines Vaters hat sie nicht verkraftet. Sie ist zwei Jahre später gestorben – ein Reitunfall. Kann aber sein, dass sie es darauf angelegt hat. Ich war immerhin schon siebzehn.«

Wieder war eine Zeitlang nur das Fahrgeräusch zu hören. Seltsamerweise begann es Anna zu gefallen, so neben ihm zu sitzen und zu schweigen. Vielleicht hatte er recht, und es war cool, mit einem fremden Mann einfach so nach Köln zu fahren, um den alten Lover ihrer Mutter zu treffen.

»Es stimmt übrigens«, sagte sie dann. »Tom, der Keyboarder, war sauer auf mich. Er hat gemeint, ich wäre nicht gut gewesen, und dann habe ich ihm gesagt, dass ich ein Kind von ihm kriege, und da ist er völlig ausgerastet.«

»Du warst gut!«, rief Edgar aus. »O Mann, Gratulation – ein Kind. Ist doch toll! Darauf müssen wir nachher eine Flasche Champagner trinken.«

Im nächsten Moment leuchtete am Armaturenbrett eine rote Lampe auf, die Anna noch nie hatte aufleuchten sehen.

Edgar hatte es auch bemerkt und runzelte die Stirn. »Die Öllampe. Scheint, als müssten wir vorher noch ein kleines Problem lösen«, sagte er.

Vor dem Krankenhaus schlug Robert sofort eine eisige Kälte entgegen. Der Abend war regnerisch und windig – ein scheußliches Wetter, bei dem man keinen Hund vor die Tür jagte. Er zog seinen roten Umhang enger zusammen und trat ein paar Schritte auf die stille, düstere Straße hinaus, um sich zu orientieren. Den hell erleuchteten Dom konnte er nirgendwo entdecken, doch rechter Hand lag eine Kirche, ein graues Gebäude in der Dunkelheit.

Im Krankenhaus hatte ihn niemand aufgehalten. Zwei Pfleger in der Lobby hatten ihn verblüfft angeschaut, doch er war mit einem kurzen Gruß an ihnen vorbeigegangen, und eine alte Frau, die rauchend in einem Rollstuhl saß, hatte ihm etwas zugerufen, was er nicht verstanden hatte.

Wo nur war der Dom? In welche Richtung musste er zum Hotel gehen?

Als er drei weitere Schritte die Straße entlang gemacht hatte, bemerkte er, dass vor ihm die breite Uferstraße lag, an der er am Nachmittag der Frau nachgelaufen war. Es kam ihm vor, als wäre seither eine Ewigkeit vergangen.

Im Krankenhaus hatte er gesehen, dass es kurz vor acht war. Hoffentlich wartete Mara noch auf ihn.

Er überquerte die Uferstraße. Ein Auto hupte, jemand rief: »Fröhliche Weihnachten!«

Robert winkte. Ihm war kalt. Lange würde er nicht durch die Dunkelheit laufen können, doch zumindest waren nicht viele Leute unterwegs. Rechts konnte er die mächtige Eisenbahnbrücke ausmachen, die genau auf den Dom zuführte. Nach ein paar Metern kam auch die erleuchtete Kathedrale in den Blick.

Ein Jogger lief an ihm vorbei und meinte: »Alter, wo ist dein Schlitten?«, und dann hörte er eine piepsige Stimme. »Bist du ein richtiger Weihnachtsmann?«

Die Stimme kam mitten aus dem Nichts, aus geballter Dunkelheit. Robert drehte sich um. Da war niemand, nur Gebüsch, eine leere Bank, aber keine Menschenseele.

Er wollte weitergehen, ein frierender Mann in einer Weihnachtskluft. Doch plötzlich vernahm er die Stimme wieder: »Ein Weihnachtsmann bringt Geschenke. Bringst du auch Geschenke?«

Robert wischte sich über die Augen. War ihm nun so schwindlig, dass er sich etwas einbildete? Auf dem Rhein zog ein Schiff vorbei, vom anderen Ufer wehte Musik herüber. Als er schon weitergehen wollte, sah er es aus den Augenwinkeln: Ein Stück vor der Bank stand ein Junge, der ihn anschaute, in der Hand hielt er den Griff eines hölzernen Bollerwagens, in dem ein noch kleineres Kind saß.

Geh weiter!, sagte eine warnende Stimme in Roberts Kopf, dir ist kalt, und du hast es eilig. Geh weiter – zu Mara ins Hotel!

Doch im nächsten Moment hatte er sich schon umgedreht und schritt auf den Jungen zu.

»Was tut ihr hier?«, fragte er in einem nüchternen Tonfall, der gar nicht zu einem Weihnachtsmann passte.

Der Junge lächelte. Er konnte höchstens acht oder neun Jahre alt sein; er trug eine dicke Jacke und eine Wollmütze, unter der blondes Haar hervorlugte. Das zweite Kind war allenfalls drei oder vier; es hockte in dem Bollerwagen und blickte müde zu ihm auf. Eine Decke war über ihm ausgebreitet.

»Wir wollen zu dir«, sagte der Junge.

»Zu mir?«, fragte Robert verblüfft.

»Ja, zum Weihnachtsmarkt, wo du Geschichten vorliest und Geschenke verteilst. Hat Jonas mir erzählt.«

Robert fragte nicht, wer Jonas war. Er blickte sich um. Waren die beiden ganz allein – zwei Ausreißer, die sich aufgemacht hatten, den Weihnachtsmann zu suchen?

»Wo sind eure Eltern?«, fragte er, obwohl er die Antwort schon zu wissen glaubte.

»Ist doch egal«, sagte der Junge und presste die Lippen zusammen. Nun sah er trotzig aus.

Robert ging einen Schritt näher. Der Nieselregen hatte nachgelassen, doch eine Windböe kam vom Fluss herüber und ließ ihn erschauern. Er musste hier weg, ansonsten würde er sich wirklich eine Lungenentzündung holen.

»Wie heißt ihr?«, fragte er den Jungen.

Der trotzige Ausdruck auf dem Gesicht des Jungen verschwand. »Ich bin Mark, und das ist Lukas.« Er deutete auf den Kleinen, der so müde war, dass ihm immer wieder die Augen zufielen. »Er ist mein Bruder«, fügte er schnell hinzu und schickte seinen Worten ein verlegenes Lächeln hinterher.

»Ihr seid ausgerissen, stimmt‹s – weil ihr auf den Weihnachtsmarkt wollt?« Zwei Passanten liefen an ihnen vorüber, zeigten aber keinerlei Neugier, als wäre es nicht ungewöhnlich, dass da ein Weihnachtsmann mit zwei kleinen Kindern verhandelte.

Mark nickte. »Ich hab‹s Lukas versprochen.«

Nun rührte sich der Kleine endlich. Er nickte, während er Robert unverdrossen mit großen Augen anstarrte.

»Ich schlage euch etwas vor.« Robert tat einen Schritt auf den Jungen zu. »Ich gehe mit euch auf den Weihnachtsmarkt, und ihr verratet mir, wo ich eure Eltern finde. In Ordnung?«

Während der Kleine ihn weiter anstarrte und es nicht aussah, als hätte er ihn verstanden, streckte Mark ihm die Hand entgegen. »Abgemacht«, sagte er, ganz so, als wären sie Geschäftspartner.

Sofort machten sie sich auf. Robert packte den Griff und zog gemeinsam mit Mark den Bollerwagen hinter sich her.

»Wie lange seid ihr denn schon unterwegs?«, versuchte Robert sich unverfänglich zu erkundigen.

»Seit heute Nachmittag um vier – Rita geht immer um halb vier aus dem Haus.« Der Junge blickte ihn an, als hätte er sich schon dadurch verraten, dass er einen Namen genannt hatte.

Robert beschloss, nicht zu fragen, ob Rita seine Mutter war. Der Kleidung nach zu urteilen, waren die Kinder nicht gerade auf Rosen gebettet, aber unterernährt oder gar misshandelt wirkten sie auch nicht.

An einer Ampel überquerten sie die breite Uferstraße

und strebten auf den Bahnhof zu. Immer mehr Leute kamen ihnen entgegen, die sie interessiert anschauten, doch niemand sagte etwas. Offenbar hielt man ihn für den Vater der Kleinen, der sich für eine Weihnachtsfeier verkleidet hatte.

»Wie ist es eigentlich im Himmel?«, fragte Mark unvermittelt, nachdem er eine Weile geschwiegen hatte. »Gibt es da Tiere? Und regnet es da auch so wie hier?«

Erstaunt blieb Robert einen Moment stehen und schaute den Jungen an. Glaubte er tatsächlich noch, er sei ein richtiger Weihnachtsmann?

Er räusperte sich und zupfte seinen Bart zurecht. Mit tieferer, kehliger Stimme, als müsste er in seine eigentliche Rolle zurückfallen, sagte er: »Klar gibt es Tiere im Himmel. Rentiere, zum Beispiel, sind das ganze Jahr da.«

»Und wo ist dein Rentier?«, fragte Mark sofort weiter und warf auch seinem Bruder in dem Bollerwagen einen forschenden Blick zu, als wolle herausfinden, ob Lukas sein Gespräch mit dem Weihnachtsmann verfolgte.

»Ich hatte eine Panne«, erklärte Robert. »Ich musste meinen Schlitten mit Knut, meinem Rentier, zurücklassen. Deshalb habe ich auch keine Geschenke dabei.«

»Keine Geschenke!«, rief Mark enttäuscht aus.

»Nein – aber nur vorübergehend«, warf Robert ein. »Mein Knecht behebt die Panne gerade.« Leider fiel ihm der Namen seines Knechts nicht ein.

Als der Bahnhof vor ihnen lag, begann Lukas hinter ihnen loszubrabbeln; es klang, als riefe er nach seiner Mutter.

»Lukas hat Hunger«, sagte Mark und blickte Robert entschuldigend an.

Klar, wenn sie seit vier Uhr nachmittags unterwegs waren, dann musste der Kleine mächtig Kohldampf schieben.

»Habt ihr Geld dabei?«, fragte Robert, während sie auf den Eingang des Bahnhofs zuhielten. Ein Betrunkener, der vor einer Reibekuchenbude stand, verbeugte sich theatralisch vor ihnen, und ein anderer rief spöttisch: »Na, du Weihnachtsmann – haste dich verlaufen?«

Robert beachtete sie nicht. Ihm war mittlerweile so kalt, dass seine Lippen zitterten. Zum Glück war es im Bahnhof deutlich wärmer.

Mark hielt ihm die offene rechte Hand hin, in der vier Münzen lagen. Drei Euro zwanzig.

»Ich schlage vor, dass ich euch erst einmal zwei Brezeln kaufe«, sagte Robert und bedachte auch den Kleinen mit einem freundlichen Blick. Den Gedanken, die beiden Kinder am besten bei der Bahnhofspolizei abzugeben, drängte er beiseite. Er hatte eine Abmachung mit Mark getroffen, an die er sich halten musste.

Die Einkaufspassage des Bahnhofs wurde ordentlich beheizt, hier hielten sich auch etliche Reisende auf. Lukas begann immer lauter zu zetern, doch Mark rief ihn zur Ordnung: »Wir sind gleich auf dem Weihnachtsmarkt«, zischte er seinem Bruder zu. »Da wolltest du doch hin. Außerdem wird der Weihnachtsmann böse, wenn du dich nicht benimmst.«

Wahrscheinlich redete er nur so, fiel Robert ein, weil er wollte, dass sein kleiner Bruder noch an den Weihnachtsmann glaubte.

Robert stellte sich an einem Brezelnstand an und behielt die Kinder im Blick. Im Licht bemerkte man sofort, wie abgetragen ihre Sachen waren. Außerdem hatte der Kleine anscheinend irgendeinen Ausschlag. Sein Hals war mit roten Pusteln bedeckt.

Von dem Geld der Kinder kaufte er zwei Brezeln und kehrte zu dem Bollerwagen zurück. Die Wärme tat ihm gut, aber er fühlte sich so erschöpft, dass ihm übel war. Am liebsten hätte er sich irgendwo hingesetzt.

Mark lächelte dankbar, als er ihm die Brezeln reichte, doch der kleine Lukas wurde immer unleidlicher. Er warf sich in dem Bollerwagen hin und her, und dann begann er zu schreien.

»Vielleicht ist er nass«, sagte Mark hilflos. »Lukas macht manchmal noch in die Hose.«

Robert wäre am liebsten geflohen. Er beugte sich zu Lukas herab und strich ihm über die Wange – mit dem Ergebnis, dass der Kleine sich wand und immer lauter schrie. Nun wurden die ersten Passanten auf ihn aufmerksam.

»Was hat der Kleine denn?«, rief eine ältere Frau unter einem breiten Filzhut hervor, der ihr Gesicht verdeckte.

Robert zuckte mit den Schultern. Sollte er Lukas aus dem Bollerwagen nehmen?

Um ihn zu besänftigen, hielt er ihm die zweite Brezel hin, doch der Junge wischte seine Hand mit erstaunlicher Kraft beiseite. Die Frau war mittlerweile weitergegangen, blickte sich aber noch um.

»He«, sagte Robert und hielt die Hand des Jungen fest. »Ich bin der Weihnachtsmann. Mich darfst du nicht ärgern. Und wir wollten doch auf den Weihnachtsmarkt – oder nicht?«

Lukas warf sich nach hinten und brüllte nun aus Leibeskräften. Andere Reisende schauten Robert so vorwurfsvoll an, als hätte er das Kind geschlagen, während Mark sich ein Stück abgewandt hatte und seelenruhig seine Brezel aß, anscheinend froh, die Verantwortung für seinen Bruder losgeworden zu sein.

»Lukas, bitte!« Robert zupfte den Kleinen an seinem Anorak. »Ich kaufe dir auf dem Weihnachtsmarkt Zuckerwatte oder gebrannte Mandeln, wenn du willst. Wie wäre das?« Warum nur hatte er sich auf diese Ausreißer eingelassen? Wäre er an ihnen vorbeigegangen, säße er schon längst bei Mara im Hotel.

»Mark!«, rief Robert. Der Junge hatte sich noch ein Stück weiter verdrückt. »Vielleicht wäre es nun eine gute Idee, wenn wir sofort eure Mutter anrufen würden.«

Mark schob sein letztes Stück Brezel in den Mund und blickte ihn so erstaunt an, als hätte er ihn noch nie gesehen. Nein, registrierte Robert einen Moment später, der Blick galt nicht ihm, sondern zwei uniformierten Polizisten, die etwa dreißig Schritte entfernt mit der Frau mit dem Filzhut redeten und dann argwöhnisch und höchst aufmerksam in ihre Richtung blickten.

»Mark«, zischte Robert dem Jungen zu. »Ich glaube, wir sollten ganz schnell verschwinden. Was denkst du?«

Der Junge nickte. Man konnte ihm ansehen, dass er mit der Polizei schon einschlägige Erfahrungen gemacht hatte.

Mit einer schnellen Bewegung war Robert am Bollerwagen. Er zerrte den kleinen Lukas so hastig mit sich, dass der vor Überraschung aufhörte zu schreien.

Einen Moment später waren sie in der Haupthalle und hofften, dass sie vor den forschenden Blicken der Polizisten in der Menschenmenge untertauchen konnten.

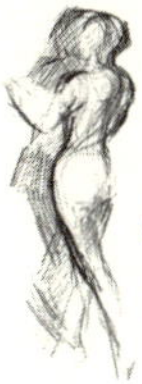

Edgar schaffte es, den Golf noch bis zur nächsten Raststätte zu fahren, allerdings schlichen sie nur noch dahin – sechzig, fünfzig Stundenkilometer auf der rechten Spur. Selbst die wenigen Lastwagen, die unterwegs waren, blinkten hinter ihnen auf.

»Wahrscheinlich der Öldruck«, sagte Edgar. »Hoffe, dass das hier jemand reparieren kann. Sonst lassen wir einen Mechaniker vom ADAC kommen.«

»Toll!«, erwiderte Anna einsilbig. Sie war müde und hätte sich am liebsten irgendwo verkrochen. Wahrscheinlich war es doch keine so gute Idee gewesen, nach Köln zu fahren.

Edgar parkte den Golf hinter der Tankstelle und verschwand dann mit einem Lächeln.

Als sie ihr Telefon einschaltete, sah sie, dass Tom immer noch keine Nachricht hinterlassen hatte. Sollte sie ihn anrufen? Nein, diese Blöße würde sie sich nicht geben. Wahrscheinlich war er, nur um sie zu ärgern, immer noch auf der Weihnachtsparty der Werbeleute. Anna stellte sich vor, dass er diese blonde Frau im Arm hielt und küsste, und sofort ging ihre Laune vollkommen in den Keller.

Sie schloss die Augen und lehnte sich gegen die Scheibe.

Ein hässliches Rauschen war von der Autobahn zu hören, sonst war es vollkommen still.

Plötzlich fiel ihr ein, was Edgar gesagt hatte – dass sie ihm erzählen sollte, wovon sie träumte. Wie kam er dazu, so etwas zu sagen? Aber hatte er nicht recht? War die Weihnachtszeit nicht dazu da, in sich hineinzusehen und sich zu überlegen, was man eigentlich wollte?

Heute Morgen war sie noch überzeugt gewesen, dass ihr Traum mit Musik und mit Tom zu tun hatte, aber nun war sie nicht mehr so sicher. Während sie »Fever« gesungen hatte, hatte er affektiert ins Publikum geblickt, wahrscheinlich hatte er die Blonde da schon ins Visier genommen. So war er manchmal – und wenn er getrunken hatte, konnte er richtig ausrasten.

Als Pluto hinten zu jaulen begann, stieg sie aus und öffnete den Kofferraum. Es war kalt und nieselte leicht. Der Hund lief über die Betonstraße ins nächste Gebüsch davon. Sie folgte ihm missmutig. Zwei Kaninchen stoben davon. Nach drei Schritten ins Dickicht hinein stand sie plötzlich vor einer verwitterten Bank und einem Tisch aus Beton. Sollten Reisende hier Picknick machen? Wie absurd! Pluto schnüffelte glücklich eine Fährte ab, und sie lehnte sich gegen die Bank und holte eine Zigarette hervor.

Als es klingelte, wusste sie gleich, dass es ihre Mutter war. Sie überlegte einen Moment, dann drückte sie den Anruf weg. An Vorwürfen und Ermahnungen hatte sie nun absolut keinen Bedarf. Eher hätte sie ihren Vater angerufen – nur um seine ruhige, abgeklärte Stimme zu hören. Er hatte ihr nie Vorwürfe gemacht, gleichgültig, was sie tat, nicht einmal als sie ihr Kunststudium abgebrochen und zwei Jahre jede Nacht in einer Cocktailbar gearbeitet hatte, die keinen besonders guten Ruf gehabt hatte.

Aus der Ferne war plötzlich aufgeregtes Hundegebell zu vernehmen. Pluto, der verfluchte Köter, war offensichtlich weiter in den Wald hineingelaufen. Sein Bellen wurde immer aufgeregter und gleichzeitig immer leiser.

Anna richtete sich auf und rief ihn. »Pluto – komm her!« Nun bellte auch ein anderer Hund in der Ferne. Sie ging weiter in die Dunkelheit hinein. Es war nass und rutschig, und beim nächsten Schritt glitt sie aus und schlitterte einen Abhang hinunter. Verdammt! Sie schaffte es im letzten Moment, sich an einem Baum festzuhalten, sonst wäre sie der Länge nach hingefallen. Sie stöhnte auf und versuchte sich umzusehen. Es war stockdunkel. Kein einziges Licht in der Nacht, kein Stern am Himmel. Nein, irgendwo vor ihr brannte eine Laterne. Sie bemerkte, dass sie auf einen Schotterweg gelangt war. Von der Autobahn war nur noch ein fernes Rauschen zu vernehmen. Sie versuchte sich einzuprägen, woher die Motorengeräusche kamen. Fehlte nur noch, dass sie sich hier verirrte.

Von Pluto war nichts mehr zu hören. Langsam schritt sie auf den einzigen Lichtschein zu – wahrscheinlich lag da irgendwo ein einsames Gehöft. Konnten Pluto die Gerüche von diesem Hof angelockt haben? Sie wusste es nicht und fluchte. Wenn sie mit dem Köter an der Alster spazieren ging, lief er allenfalls zwanzig Meter voraus.

Mit dem nächsten Schritt trat sie in eine Pfütze, die so tief war, dass ihr das Wasser in die Schuhe lief. Verdammt! Sie fluchte und rief voller Wut nach Pluto. Aber nichts als Stille antwortete ihr. Am besten wäre es zurückzugehen.

Sollte Pluto sehen, wo er blieb. Aber wie würde sie das ihrer Mutter beibringen, die im Krankenhaus lag und sich die Finger wund wählte?

Anna ging weiter. Der Weg machte eine leichte Biegung, jedenfalls kam es ihr so vor. Immer wieder lauschte sie, und als sie wieder nach Pluto rief, klang es, als würde ihr Ruf in der Einsamkeit verhallen.

Plötzlich befand sich nicht einmal mehr das Licht vor ihr. Auch der ferne Lärm von der Autobahn war nicht mehr zu hören.

Sie hielt inne und schaute sich um. Verdammt, sie hatte sich in dieser elenden Finsternis verlaufen.

Mitten auf dem Weg blieb sie stehen und zog das Telefon hervor. Das Licht vom Display zu sehen war irgendwie tröstlich. Schnell tippten ihre Finger seine Nummer ein.

Nach dem dritten Klingeln hob Tom ab, doch statt sich zu freuen, dass sie anrief, sagte er nur: »Sorry, es passt jetzt nicht. Können wir später reden?« Im Hintergrund dröhnten Musik und Stimmengewirr. Ohne einen Abschiedsgruß legte er auf.

Am liebsten hätte sie das Telefon gegen den nächsten Baum geschleudert.

Im folgenden Moment sah sie, wie ein kleiner, gedrungener Schatten herantrottete. Pluto hatte den Kopf gesenkt und blickte sie schuldbewusst an. Ganz gegen seine Art schmiegte er sich beinahe wie eine Katze an ihre Beine.

»Da bist du ja«, sagte Anna kraftlos und ohne jede Spur von Zorn, und er wedelte sofort mit dem Schwanz. »Dann sollten wir uns mal an den Rückweg machen. Edgar wartet bestimmt schon auf uns.«

Doch wohin sollte sie sich wenden? Anna drehte sich einmal um die eigene Achse. Aber eine Ahnung, welche Richtung sie in dieser totalen Finsternis nehmen sollte, hatte sie nicht. Auch Pluto blickte sie nur ratlos an.

Also wandte sie sich um und ging den Schotterweg hinauf, doch schon nach zwanzig Metern beschrieb der Weg eine scharfe Kurve. Ihr Telefon klingelte wieder, und fast hätte sie den Anruf angenommen – einfach, um ihrer Mutter mitzuteilen, dass sie sich verlaufen habe und alles nur ihre Schuld sei. Dann aber meinte sie aus einiger Ferne Musik zu hören. Ja, eine Geige spielte eine zarte Melodie. Das war Edgar, niemand anderes konnte es sein, und tatsächlich tauchte eine Gestalt vor ihr auf, die einen Arm gen Himmel gestreckt hatte. Aus dem kleinen Rekorder in seiner Hand klang die Geigenmusik.

Anna eilte ihm entgegen und konnte sich in der letzten Sekunde zurückhalten, sonst wäre sie ihm buchstäblich um den Hals gefallen.

»Was ist denn mit euch los?« Edgar lächelte, er sah kein bisschen besorgt aus. »Ich habe schon gedacht, du hättest dich zu Fuß nach Köln aufgemacht.« Er rauchte eine Zigarette. Marihuana – eindeutig.

Anna trat ganz nah an ihn heran. »Der Hund …«, stammelte sie. »Ich habe mich verlaufen.«

Es klang wie ein Geständnis.

Edgar fand mit schlafwandlerischer Sicherheit zum Wagen zurück. Als sie einen schmalen Pfad hinaufgingen, der dann zur Raststätte führte, nahm er Annas Hand. Sie ließ es geschehen, entzog sie ihm jedoch, als sie oben angekommen waren.

»Es gibt eine gute und eine schlechte Nachricht«, sagte Edgar. Er machte ein ernstes Gesicht, aber sie sah, dass hinter dem vorgeblichen Ernst schon wieder ein Lächeln lauerte.

»Die schlechte zuerst«, sagte sie.

»Der Motor ist hin – muss ausgetauscht werden. Tut mir leid.« Er zuckte mit den Achseln. »Habe deiner alten Karre wohl ein wenig zu viel zugemutet.«

»Das war keine alte Karre«, wandte Anna leise ein, doch Edgar achtete gar nicht auf sie.

»Und nun die gute Nachricht«, fuhr er fort. »Ich habe uns ein anderes Gefährt besorgt – ein wirklich geiles Teil.« Er wies nach vorn – auf den Parkplatz hinter der Tankstelle. Neben ihrem Golf stand ein hellroter Krankentransporter, sonst nichts.

»Ein Krankenwagen – wir sollen in einem Krankenwagen weiterfahren?« Anna starrte ihn ungläubig an.

»Aber, Anna, sieh doch genau hin!« Wieder griff er nach ihrer Hand und zog sie mit sich. »Das war einmal ein Rettungswagen, aber der Tankwart hat ihn umgebaut. Nun ist es ein Wohnmobil. Da haben wir gleich etwas, wo wir heute Nacht schlafen können.«

Pluto sprang um sie herum und bellte aufgeregt, als freue er sich.

»Zwei Schlafplätze, Waschbecken, Fernseher, Toilette – alles, was man so braucht. Mit so einem Gefährt kann man um die Welt reisen. Hat der Tankwart auch schon gemacht.« Edgar lächelte sie glücklich an. »Am liebsten hätte ich ihm das Teil gleich abgekauft, aber so habe ich es für eine Woche gemietet. Toll, oder nicht?« Er freute sich wie ein kleines Kind, das ein neues Spielzeug bekommen hatte.

»Für eine Woche? Du spinnst! In vier Tagen ist Weihnachten«, rief Anna, während er sich von ihr löste und die hintere Tür öffnete, die immer noch verdächtig nach Krankentransport aussah.

»Wir bleiben eine Nacht in Köln, und dann fahren wir ans Meer. Ich kann dir auch meinen Tierhof zeigen, wenn du willst. Am Heiligabend bringe ich dich zurück.« Die linke Klappe glitt auf und gab den Blick frei auf einen Tisch, eine kleine Bank und einen Schrank. Seine Geige und die Rose, die er in der Raststätte gekauft hatte, hatte Edgar schon auf der Holzbank deponiert. Luxuriös sah es nicht gerade aus.

»Ich glaube, heute ist mein Glückstag.« Edgar schlug die Klappe wieder zu. »Aber nun sollten wir uns beeilen. Wahrscheinlich ist der Lover deiner Mutter schon ganz verzweifelt, weil wir uns nicht blicken lassen.«

Anna fiel ein, dass sie ihm nicht gestanden hatte, dass sie den Besuch vor ein paar Stunden unter dem Namen ihrer Mutter abgesagt hatte.

Wahrscheinlich war dieser ominöse Mann längst abgereist.

# Sechzehntes Kapitel

Die Polizisten folgten ihnen, wie Robert mit einem raschen Blick über die Schulter feststellen konnte. Sollte er stehen bleiben und ihnen die Wahrheit sagen – dass er vor einer halben Stunde aus dem Krankenhaus geflohen war und die Kinder ihm erst vor wenigen Minuten über den Weg gelaufen waren? Nein, wohl besser nicht.

Mark hastete neben ihm her. Er warf dem Jungen einen Blick zu. Passanten kreuzten ihren Weg und fluchten, wenn er ihnen mit dem Bollerwagen in die Quere kam. Die Polizisten wandten suchend ihre Köpfe. Offenbar hatten sie ihre Spur verloren.

Dann waren sie draußen auf dem Vorplatz. Mächtig ragte der Dom auf. Soll ich ins Hotel laufen?, fragte Robert sich. Ja, das wäre vielleicht am besten. Dann könnte er seine rote Kluft loswerden, und mit seinen Ausweispapieren wäre er auch endlich wieder ein ganzer Mensch – der ehrenwerte Doktor Robert Faber aus Schondorf am Ammersee, dem die Polizei jedes Wort glauben würde, das er sagte.

Mark hatte sich aber schon nach links gewandt. Robert lief ihm nach, und Lukas wurde wieder unruhig, als der Bollerwagen auf dem Pflaster hin und her ruckelte. Dann tauchten auch die Polizisten auf dem Vorplatz auf.

»Hallo – stehen bleiben!«, riefen sie. Einer von beiden – eine Frau mit einem blonden Pferdeschwanz, erkannte Robert – begann loszulaufen.

Ohne nachzudenken, nahm Robert den kleinen Lukas aus dem Bollerwagen, zerrte ihn an sich und lief los. Mark hatte schon zwanzig Meter Vorsprung. Er rannte in eine Unterführung hinein, vorbei an einem Baustellenzaun.

»Warte!«, rief Robert, doch der Junge machte keine Anstalten, sich umzudrehen.

Lukas in seinem Arm starrte ihn mit großen Augen an, neugierig, aber ohne jede Angst. Im Gegenteil, er schien dieses Gerenne sogar zu genießen. Nass war er auch nicht, jedenfalls wirkte seine Hose trocken.

Hinter sich hörte Robert die Polizisten wieder etwas rufen, doch sie schienen nicht näher gekommen zu sein.

Mark lief über eine Straße, knapp an einem Auto vorbei, das laut hupte.

Robert bekam kaum noch Luft, Lukas in seinen Armen wurde immer schwerer. Es ist Irrsinn, dachte er. Was mache ich bloß?

Die Unterführung gabelte sich in zwei Abfahrten. Mark nahm die linke – hinein in eine schmutzige dunkle Tunnelstraße. Robert packte Lukas fester. Als er sich umwandte, konnte er die Polizistin nicht mehr entdecken. Hatte sie aufgegeben? Irrtum, da kam sie im Eilschritt heran. Jedenfalls war ein Schatten auszumachen, der ihre Verfolgung aufgenommen hatte. Linker Hand hatte man die Straße aufgerissen. Das Pflaster wurde immer unebener, und er wäre fast gestürzt.

Mark war nur noch fünf Schritte vor ihm. Er zerrte an

Für eine Weile war nur das zufriedene Kauen der Kinder zu hören.

Robert schloss für einen Moment die Augen. Er war müde und zerschlagen, und trotzdem hatte er das Gefühl, etwas Gutes getan zu haben, indem er die Kinder vor der Polizei gerettet hatte.

»Habt ihr keine Eltern mehr?«, fragte Robert dann. »Ihr müsst doch irgendwo wohnen?«

»Können wir heute Nacht hierbleiben?«, fragte Mark und schaute ihn flehend an.

»Ja, bleiben«, piepste plötzlich auch Lukas und drehte sich zu ihm um. Als er lachte, konnte Robert seine winzigen Milchzähne sehen.

Robert schüttelte den Kopf. »Ich muss erst wissen, wo ihr herkommt. Irgendjemand wird euch vermissen. Es war auch nicht richtig, dass ich vor der Polizei weggelaufen bin«, fügte er streng hinzu.

Mark holte eine angebrochene Flasche Cola aus dem Regal und setzte sie sich an den Mund. Er trank die halbe Flasche aus, ohne einmal innezuhalten, dann gab er sie Lukas, der schon seine Arme ausgestreckt hatte und fordernde Laute ausstieß.

»Hier wohnen wir«, sagte Mark mit einer wilden Heftigkeit, die Robert noch nie an einem Kind gesehen hatte. »Uns wird niemand vermissen.«

Aus seiner Jacke zog er eine verknitterte Postkarte. Ein altes Haus, das einer Schule glich, war darauf zu sehen. Auf der Rückseite stand *Raphaelshaus, Dormagen*, wie Robert bei dem schwachen Licht mühsam erkennen konnte.

»Ein Kinderheim?« Er sah Mark fragend an, während Lukas noch immer an der Colaflasche nuckelte. »Ihr seid aus einem Kinderheim abgehauen?« Lag Dormagen in der Nähe von Köln? Er hatte keine Ahnung.

»Es hat Ärger gegeben«, erwiderte Mark tonlos. »Da wollen wir nicht mehr hin, nie wieder. Das habe ich Lukas versprochen.«

Sie saßen noch eine Weile in der Stille, als fürchteten sie, die Polizistin könne zurückkehren. Doch als Lukas drohte, in seinen Armen einzuschlafen, erhob sich Robert. Er musste nun endlich ins Hotel zurück. Die ganze Zeit hatte er nicht an Mara gedacht. Hoffentlich wartete sie noch auf ihn. Es war ihr Tag, der 20. Dezember, aber was war dieses Jahr daraus geworden?

»Ihr könnt mit mir kommen«, sagte er zu Mark. »Ich wohne ganz in der Nähe in einem Hotel.«

Mark nickte stumm. An seinem Gesicht war jedoch abzulesen, dass er ihm nicht recht traute.

Vorsichtig öffneten sie die Tür des Bauwagens und blickten auf die Straße hinaus. Die Scheinwerfer eines Wagens blendeten sie, einen Moment später war ein dunkler Mercedes an ihnen vorbeigerast. Von Polizisten weit und breit keine Spur.

Mit Lukas in einem Arm und Mark an der anderen Hand ging er den Weg zum Bahnhof zurück. Der Bollerwagen war verschwunden. Robert glaubte, im hinteren Teil des Vorplatzes ein paar Punker zu sehen, die zwei Hunde in den Karren gesetzt hatten und sie wild und lachend umherzogen.

Wie seltsam wir aussehen müssen, dachte er, ein derangierter Weihnachtsmann mit zwei kleinen Ausreißern.

Mara würde Augen machen.

Vor dem Dom begann Lukas sich in seinen Armen zu winden. Robert setzte ihn ab, und dann lief der Kleine auf die Kathedrale zu und berührte sie mit den Händen, als hätte er so ein Bauwerk noch nie gesehen und müsste ertasten, ob es wirklich da war. Auch Mark blickte staunend die Fassade hinauf.

»Da!«, rief er dann einen Moment später seinem Bruder zu. »Da ist der Weihnachtsmarkt! Wir haben es geschafft, wie ich es dir versprochen habe!« Er reckte die Arme gen Himmel wie ein Bergsteiger, der soeben den höchsten Berg der Welt bezwungen hatte.

Robert begriff, dass die Kinder noch nie einen Weihnachtsmarkt gesehen hatten. Ihm selbst kamen die Lichter und Buden nach diesem langen, seltsamen Tag wie ein Traumgebilde vor. Staunend stand er da, hörte die Musik und nahm die Gerüche von Glühwein und Waffeln in sich auf, als hätte er sie noch nie gerochen.

Es war ein kleiner magischer Moment, fehlten nur Mara und ihr Weihnachtstango.

# Siebzehntes Kapitel

Kurz vor Köln klingelte ihr Handy. Sie hatte nach ihrem Irrlauf durch die Dunkelheit ganz vergessen, es auszuschalten.

»Geh doch ran!«, sagte Edgar, der stolz und ganz wie ein Trucker hinter dem Steuer saß. »Ist deine Mutter – sie ist bestimmt verzweifelt, dass du dich nicht gemeldet hast.«

»Kann schon sein«, sagte Anna. Ihr fiel auf, dass sie wie ein trotziger Teenager klang. Also zog sie das Telefon hervor und blickte auf das Display, ob nicht doch vielleicht Tom einen Versuch unternahm, sie zu sprechen.

Als sie die Nummer erkannte und das Gespräch annahm, verzog sie unwillig das Gesicht.

»Mara«, sagte sie mit einem genervten Unterton, »wir sind unterwegs. Leider hatten wir eine Panne, aber in einer halben Stunde sind wir da.«

Eigentlich hatte sie erwartet, dass ihre Mutter sie mit Vorwürfen eindecken würde, doch für einen Moment hörte sie nur ein langes Aus- und Einatmen. Ihre Mutter rauchte. Wie konnte das sein? Doktor Mara Simon, die Gesundheitsfanatikerin in Person, lag in ihrem Krankenhausbett und zog an einer Zigarette.

»Was ist mit dir?«, fragte Anna, milder gestimmt. Ihr

fiel auf, dass Edgar sie anlächelte, als wolle er sie zu weiteren Freundlichkeiten ermutigen.

»Ich weiß, dass du angerufen und gesagt hast, ich würde nicht kommen«, erwiderte ihre Mutter düster. »Aber jetzt ist es ohnehin gleichgültig. Er ist nicht da. Ich rufe schon den ganzen Abend im Hotel an. Robert ist verschwunden.«

»Du meinst, wir haben diese ganze Tour umsonst gemacht?« Anna musste unwillkürlich lachen.

»Ich weiß nicht«, sagte ihre Mutter, und nun klang sie ehrlich verzweifelt. »Ich verstehe das nicht. Es muss etwas passiert sein. Niemals würde Robert mich versetzen – das ist ganz sicher. Er ist im Hotel angekommen, hat seine Sachen aufs Zimmer gebracht und ist ausgegangen. Und seitdem ist er nicht wieder aufgetaucht. Hoffentlich ist ihm nichts zugestoßen.«

»Vielen Dank«, rief Anna spöttisch. »Toll, dass du mich losgeschickt hast, damit ich einem Phantom schöne Grüße ausrichte.« Das war typisch Mara – ihre Mutter gab nie Ruhe. Ständig hatte sie irgendetwas auf dem Herzen, als könnte sie es nicht ertragen, dass ihre einzige Tochter ein eigenes Leben führte.

»Da ist noch etwas«, begann Mara beinahe flüsternd. »Ich habe mit deinem Vater gesprochen. Ich möchte dir …«

»Das kannst du mir morgen erzählen, wenn ich zurück bin«, unterbrach Anna sie. Dann unterbrach sie die Verbindung.

Edgar blickte sie fragend an, sagte aber nichts. Der Motor dröhnte auch so laut, dass Anna sich lieber in ihr Schweigen zurückzog. Immer wieder wanderten ihre Gedanken zu Tom und ihrem Kind. Vielleicht sollte sie ihm eine Weile aus dem Weg gehen und tatsächlich eine Zeitlang mit Edgar durch die Gegend fahren.

Ein wenig später bog er von der Autobahn ab und fuhr auf einer Schnellstraße nach Köln hinein.

»Wir können umkehren«, sagte Anna endlich. »Der Mann ist weg – wie vom Erdboden verschluckt.«

Am Horizont tauchte der hell erleuchtete Dom auf. Anna erinnerte sich, dass sie vor zwei Jahren einmal einen Auftritt in Köln gehabt hatte – da hatten sie vor einer Horde Kostümierter gespielt, weil sie nicht gewusst hatten, dass man sie mitten im Februar für eine Karnevalsparty engagiert hatte. Ein peinlicher Auftritt.

Edgar lachte. »Wir können ja wie Detektive nach ihm forschen«, sagte er. »Oder wir fahren einmal um den Dom herum und suchen uns dann einen Platz am Rhein, um die halbe Nacht auf den Fluss zu schauen. Einen Krankentransporter schleppt niemand so schnell ab.«

»Man kann nicht um den Dom herumfahren«, erklärte Anna. »Da sind überall Treppen.«

»Ich finde es jedenfalls wundervoll, mit dir hier zu sein«, sagte Edgar. »Aber jetzt könnte ich was Richtiges essen – ein Vier-Gänge-Menü in einem echt guten Restaurant.«

»Vielleicht gibt es in dem Domhotel ein Restaurant, das noch aufhat.« Anna musste gähnen. Wäre vielleicht eine gute Idee, wenn sie sich da einquartieren würden, statt in dem engen Transporter zu übernachten. Ihre Mutter würde die Rechnung übernehmen müssen. Also konnten sie auch reichlich Spesen machen.

Sie fuhren über eine langgezogene Brücke. Edgar setzte

den Blinker und nahm die Ausfahrt, nachdem sie den dunklen Rhein überquert hatten.

»Du bist schon mal in Köln gewesen, stimmt's?«, fragte Anna. Die Abfahrt lag so versteckt, dass jeder, der sich nicht auskannte, vorbeigefahren wäre.

Edgar nickte. »Meine Mutter hat hier Musik studiert, und nachdem sie tot war, habe ich gedacht, ich müsste ihr nacheifern. Ich habe an der Musikhochschule vorgespielt, hatte aber leider nicht meinen besten Tag. Und dann habe ich zwei lange Vormittage draußen vor dem Eingang gesessen, weil ich einmal Stockhausen, den großen Komponisten, sehen wollte.«

»Und, hast du ihn gesehen?«

»Ja, aber ich habe mich nicht getraut, ihn anzusprechen. Er sah wie ein alter trauriger Mann aus, nicht wie jemand, der den Kopf voller Symphonien hat.«

Anna lachte. »Du machst viele merkwürdige Sachen.«

»Nicht genug«, sagte er ernst. »Ich würde gerne einmal eine ganze Nacht allein im Kölner Dom verbringen oder mich im Museum einschließen lassen und mir nur ein Bild anschauen. Paul Klee, ›Haupt- und Nebenwege‹, hängt hier im Museum Ludwig. Früher habe ich manchmal gedacht, ich müsste so Geige spielen, wie Paul Klee gemalt hat.«

Sie fuhren am Rhein entlang. Es regnete leicht. Anna hatte keine Ahnung, was sie nun tun sollten. Wollte sie wirklich die Nacht mit Edgar verbringen? Es war kurz nach elf Uhr. Der 20. Dezember war fast vorbei. Gleich begann der 21. – der Todestag seines Vaters, wenn seine Geschichte stimmte, aber wahrscheinlich war es besser, ihn nicht daran zu erinnern.

Als der Wagen langsamer wurde, wachte Pluto auf, der die ganze Zeit zu ihren Füßen gelegen hatte. Verschlafen schaute er sie an.

»Er hat auch Hunger«, sagte Anna.

Edgar bog in ein Gewirr von schmalen Gassen ab, steuerte den Transporter geschickt an engen Baustellen vorbei und hielt tatsächlich auf den Dom zu, der hell und mächtig zwischen den Häusern aufragte.

»Man kann übrigens doch um den Dom herumfahren – habe ich schon mal mit einem Motorrad gemacht«, sagte er.

Dann trat er abrupt auf die Bremse. Der Weihnachtsmarkt am Dom lag vor ihnen. Die Buden waren dunkel und verrammelt. Nur die Lichter über dem Eingang brannten. Ein paar Jugendliche trieben sich in den Gängen herum, und ein heruntergekommener Mann, der wie ein Weihnachtsmann eine rote Mütze trug, schob einen leeren Einkaufswagen vor sich her.

»Endstation!«, rief Edgar, dann beugte er sich vor und drückte ihr einen Kuss auf die Wange. »Hoffen wir, dass wir noch etwas zu essen bekommen. Schöne schwangere Frauen brauchen Vitamine.« Er griff nach seinem Geigenkasten, der roten Rose und sprang aus dem Wagen, den er quer neben der ersten Weihnachtsbude geparkt hatte.

Die Kinder lagen in der Hälfte des Bettes, die eigentlich Mara gehören sollte. Sie hatten sich eng aneinandergekuschelt. Mager und bleich waren sie. Lukas hatte sich den Daumen in den Mund geschoben. Am Hals und am Oberkörper hatte der Kleine rote Pusteln, eine Allergie vermutlich, wahrscheinlich vertrug er keine Milch. Sie sahen beide verloren und verletzlich aus. Zwei Gestrandete in einem teuren Hotel.

Robert hatte sich zwei große Schnitzel mit Pommes frites aufs Zimmer bringen lassen – das hatten sie sich gewünscht. Er selbst war zu müde und deprimiert gewesen, um zu essen. Er hatte ihnen aber noch die Geschichte erzählen müssen, wie er an seine Weihnachtsmannkluft gekommen war. Weil ihm nichts anderes eingefallen war, hatte er die Wahrheit erzählt – vermutlich hatten die Kinder ihm aber nicht folgen können.

Mara war nicht gekommen – sie hatte angerufen. Sie war krank oder hatte einen Unfall gehabt. Er wusste es nicht so genau. Der Portier schien einiges durcheinandergebracht zu haben, was sie ihm oder seinem Kollegen am Telefon erzählt hatte. Vielleicht aber hatte sie ihn dieses Jahr auch einfach nicht sehen wollen und hatte nur eine billige Entschuldigung gesucht. Die Kopfschmerzen waren mit Macht zurückgekehrt. Er war so erschöpft, dass ihm nur dunkle, einsame Gedanken durch den Kopf gingen.

Was für ein merkwürdiger Tag! Es war beinahe undenkbar, dass er vor kaum zwölf Stunden noch an Lindas Grab gestanden hatte. Er vermisste sie, er vermisste Mara, und er vermisste das Gefühl, sein Leben bewältigen zu können.

Der alte Rekorder starrte ihn stumm und unbarmherzig an – heute würde er keinen Tango hören. Doch wenn er ehrlich war, hatte er diesen Tanz nie verstanden. Es war Maras Tanz gewesen. Links, rechts, Wiegeschritt – er hatte nicht einmal die ersten Grundschritte wirklich beherrscht, und das tiefe Gefühl, das mit diesem Tanz verbunden war, hatte er nie gespürt. Er war kein junger, heißblütiger Argentinier – er war ein Deutscher, fast sechzig Jahre alt.

Sein Traum, Mara endgültig für sich zu gewinnen, würde sich nie erfüllen.

Morgen würde er die Polizei anrufen und alles gestehen, seine Flucht aus dem Krankenhaus und dass er die Kinder bei sich aufgenommen hatte. Dann würden sie in ihr Kinderheim zurückgebracht werden, und er würde zum Ammersee zurückfahren. Vielleicht sollte er überdenken, ob er wirklich schon aus der Praxis ausscheiden wollte.

Als es an der Tür klopfte, bemerkte er, dass er sich nicht einmal umgezogen hatte. Er trug noch immer die zu engen Hose eines Pflegers und darüber den roten Umhang eines Weihnachtsmannes.

Die Polizei, dachte er schuldbewusst, aber das war lächerlich. Wie hätte man ihn hier finden sollen?

Er öffnete die Tür einen Spalt. Ein Mann, etwa Mitte zwanzig, mit blonden Haaren, der eine gelbe Jacke trug, stand da.

»Bitte?« Robert war unsicher.

Der Mann hielt ihm eine Rose hin. Er machte einen heruntergekommenen Eindruck. Solche Burschen liefen als Rosenverkäufer abends durch Lokale, aber sie stiegen für gewöhnlich nicht im Domhotel ab. »Wir sollen Sie grüßen«, sagte der Mann mit einem Lächeln. »Wir beide!« Er wandte sich um, und da erst bemerkte Robert eine junge Frau mit halblangen schwarzen Haaren, die augenscheinlich nicht näher kommen wollte. Sie hielt einen schwarzen Labrador an einer Leine.

»Ich verstehe nicht ganz«, erwiderte Robert, obwohl eine Ahnung in ihm aufstieg.

»Mara konnte leider nicht kommen – sie hatte einen Unfall. Dürfen wir vielleicht für einen Moment eintreten?« Der Mann hielt noch immer die Rose in der Hand.

Robert sah peinlich berührt an sich herunter. Er musste einen lächerlichen Eindruck machen, aber nun war es zu spät, sich etwas überzuziehen. Zumindest hatte er den Wattebart und die rote Mütze abgenommen.

»Ja, kommen Sie herein«, entgegnete er leise und öffnete die Tür.

Der Mann gab der jungen Frau mit der Rose einen Wink. Sie stand da, unschlüssig, ob sie ihm folgen sollte, oder sie schien zu frieren.

Sie bewegt sich wie eine Tänzerin, dachte Robert. Er

hatte nur Augen für sie und spürte, wie sich sein Herzschlag beschleunigte. So eine schöne Frau hatte er schon einmal gesehen – es war genau einunddreißig Jahre her und hatte ihm auch damals den Atem genommen. Mara hatte sich bei ihrem ersten Treffen genauso elegant und anmutig bewegt; es war in der Lobby des Hotels gewesen. Er erinnerte sich genau; sie hatte Jeans getragen, genauso wie diese Frau, und einen grünen Wollpullover, den er ihr eine Nacht später ausgezogen hatte.

Robert wies auf den kleinen antiken Tisch und die drei Sessel, die sich um ihn gruppierten. Zum Glück war das Zimmer sehr groß. Um Tango tanzen zu können, hatten sie Platz gebraucht.

»Entschuldigen Sie meinen Aufzug«, setzte er endlich zu einer Erklärung an, »aber dieser Tag ist ein wenig sonderbar verlaufen.«

»Sie haben schon Besuch?« Der junge Mann hatte die schlafenden Kinder registriert. Ihm schien die Situation am wenigsten auszumachen. Er legte die Rose, die Robert ihm nicht abgenommen hatte, auf den Tisch, in seiner anderen Hand hielt er einen zerschrammten Geigenkasten.

»Ja, zwei Ausreißer.« Robert bedeutete den beiden mit einer Geste, Platz zu nehmen. »Die beiden gehören auch zu meinem seltsamen Tag.«

Die junge Frau setzte sich, sie beobachtete ihn, sie hatte auch scheue dunkelblaue Augen, und sogar ihre knochigen Hände erinnerten an Mara. Der Hund hockte sich zu ihren Füßen hin, aufmerksam hatte er den Kopf gehoben.

»Wir kommen direkt aus Hamburg«, erklärte der Mann. »Ich heiße übrigens Edgar, und das ist Anna. Sie ist …«

»Ja, ich weiß«, unterbrach Robert und wandte den Blick. »Sie sind Maras Tochter, nicht wahr? Und Sie fragen sich schon seit vielen Jahren, warum Ihre Mutter jedes Jahr kurz vor Weihnachten nach Köln gefahren ist?«

Die Frau blickte ihn zum ersten Mal offen an. Entweder irritierte sie seine Befangenheit, oder sie war selbst befangen. Er konnte es nicht einschätzen.

»Ja, so ist es wohl«, entgegnete sie beinahe flüsternd. Auch ihre gehauchte, ein wenig atemlose Stimme glich Maras. »Aber eigentlich hat meine Mutter mich geschickt. Ich sollte unbedingt hierherfahren und Sie treffen. Keine Ahnung, warum.« Sie zuckte mit den Achseln, und auch das sah so anmutig aus, dass ihm die Tränen in die Augen traten.

Für einen Moment schien keiner von ihnen zu wissen, wie er die Stille, die sie plötzlich einhüllte, vertreiben sollte. Lukas brabbelte im Schlaf vor sich hin. Dann sagte Edgar in das Schweigen hinein: »Ich habe Mara mit meinem Roller angefahren. Sie hatte gerade Pluto, ihren Hund, ausgeführt. Ein bedauerliches Missgeschick. Sie hat sich ein paar Rippen gebrochen. Deshalb liegt sie im Krankenhaus.«

»Im Krankenhaus? Ich war auch im Krankenhaus.« Robert blickte auf seine Hände, um nicht ständig Anna anzustarren. Am liebsten hätte er ihr all die Fragen gestellt, die ihm durch den Kopf gingen: Wie alt sind Sie? Was tun Sie so? Wie ist es, Maras Tochter zu sein? Und warum hat sie mir nie von Ihnen erzählt? »Deshalb auch mein lächerlicher Aufzug«, sprach er weiter. »Ich bin einfach abgehauen und hatte nichts anderes anzuziehen. Ich wollte unbedingt Ihre Mutter sehen.« Der letzte Satz war wie ein Geständnis. Nun musste er Anna doch wieder anschauen.

Sie musterte ihn, ohne eine Regung zu zeigen.

»Ich liebe Mara schon seit vielen Jahren. Und heute … dieses Jahr wollte ich …« Er wandte den Blick ab, verstummte und machte eine fahrige Bewegung in den Raum hinein. »Um Mitternacht tanzen wir immer einen Tango, so wie vor einunddreißig Jahren in New York, als wir uns kennengelernt haben. Das ist unser Ritual. Und dann …« Er verstummte. Sollte er all das wirklich erklären und auf Verständnis hoffen?

Wieder murmelte Lukas etwas vor sich hin. Robert meinte irgendetwas von »lieber Weihnachtsmann« zu verstehen.

»Einen Tango tanzen Sie?« Edgar lächelte. »Großartig.« Er beugte sich vor und nahm den Geigenkasten, den er neben den Sessel gestellt hatte. »Ich könnte einen Tango spielen. Die Geige ist zwar kein Instrument, das besonders für einen Tango geeignet ist, anders als das Akkordeon zum Beispiel.« Wie ein Könner hatte er sich die Geige auf die Schulter gelegt und spielte einen Akkord. »Vielleicht möchte Anna ja tanzen. Wie wär‹s, Anna?«, fragte er heiter. »Deine Mutter würde sich freuen, wenn du an ihrer Stelle …«

Anna schüttelte den Kopf. »Ich glaube nicht, dass ich das kann.« Trotzdem erhob sie sich. Auch der Hund richtete sich sofort auf und beobachtete aufmerksam jede ihrer Bewegungen.

»Es ist nicht so schwer«, sagte Robert zu seiner eigenen Überraschung. »Der Herr fängt mit links an, dann rechts. Dann links, rechts, links, drei Wiegeschritte am Platz.« Er machte ein paar Schritte vor.

Anna zog die Augenbrauen in die Höhe. »Sind Sie Tanzlehrer, oder was?«, fragte sie in einem härteren Tonfall.

Nein, dachte Robert. Ich möchte Sie nur ein Mal im Arm halten – so wie die junge Mara damals. Das ist alles. Laut sagte er: »Ich bin Arzt – wie Ihre Mutter.«

»Anna ist eine tolle Sängerin«, warf Edgar ein. »Die meisten Musiker tanzen aber nicht gerne.« Wieder spielte er eine kurze Melodie. Robert meinte den Tangorhythmus zu erkennen.

Er streckte die Arme aus und berührte Anna – so wie Mara es damals bei ihm getan hatte. Dann setzte er den linken Fuß vor, doch Anna folgte ihm nicht. Ihre Hand war kalt und verriet keine Körperspannung.

»Ich weiß nicht«, sagte sie.

Im nächsten Moment klingelte ein Handy, und Edgar hörte auf zu spielen.

Der Hund stieß ein kurzes Jaulen aus, als wisse er, wer da anrief, während der kleine Lukas sich im Bett aufrichtete und sie mit leerem Blick anstarrte.

Anna machte sich von ihm frei und zog ihr Mobiltelefon hervor.

»Sie ist es – meine Mutter«, sagte sie kühl und hielt ihm das Gerät hin.

Ihre Fingerspitzen berührten sich, als er es entgegennahm. Mit ihren forschenden dunkelblauen Augen tastete sie sein Gesicht ab, und er hatte das Gefühl, er müsse eine Prüfung bestehen. Die Ähnlichkeit mit Mara war wirklich verblüffend, aber da war noch etwas anderes, etwas, das ihn schaudern ließ.

»Mara?«, meldete er sich. »Wie geht es dir?«

»Du bist da!«, rief Mara. »Gott sei Dank! Wo bist du gewesen?« Ihre Stimme klang aufgeregt und zugleich offen und ohne jedes Geheimnis.

Sie liebt mich, dachte er plötzlich, sie liebt mich genauso, wie ich sie liebe, und bei dieser Erkenntnis wurden ihm die Knie weich.

»Das ist eine lange Geschichte, aber was ist mit dir?«, fragte er, bemüht, ruhig zu bleiben. Aus den Augenwinkeln bemerkte er, wie Lukas sich schlaftrunken über das Gesicht wischte.

»Du hast Anna kennengelernt«, sagte Mara, statt zu antworten. Sie betonte das Wort »kennengelernt«, als gäbe es hinter dem ersten, augenfälligen Sinn noch einen zweiten, viel tieferen.

»Wir haben Tango getanzt – Edgar hat gespielt.« Robert erlaubte sich zu lächeln und blickte Anna an, deren Miene stumm und reglos blieb.

»Anna hat mit dir Tango getanzt? Meine Tochter?« Mara verstummte abrupt, und in ihrem Schweigen begann er noch ein wenig mehr zu begreifen.

»Ja, deine wunderschöne Tochter!«

Lukas stand auf und tappte zu ihm hinüber. Dann legte er seine winzigen bleichen Arme um seine Beine.

»Anna ist dreißig geworden – in diesem September … Ich hätte es dir viel früher sagen sollen«, sagte Mara, und er hörte, wie sie um Atem rang. »Ich werde es ihr mitteilen, wenn ihr hoffentlich alle zu mir kommt.«

»Wer sind diese Leute?«, plapperte Lukas. »Kommen sie vom Weihnachtsmann? Haben die Geschenke für uns?«

# Neunzehntes Kapitel

Der Heiligabend war in Hamburg ein düsterer, regnerischer Tag. Robert hatte sich im Hotel Atlantic einquartiert. Er hatte drei Tage gebraucht, um die Erlaubnis des Heimleiters zu erhalten, die Kinder mitzunehmen. Anfangs hatte man noch überlegt, ihn wegen Kindesentführung anzuzeigen, weil er nicht sofort die Polizei informiert hatte, aber dann hatte man im Raphaelshaus erfahren, dass er ein gestandener Arzt war, und zudem eingesehen, dass er sich wirklich etwas aus den Kindern machte. Eine tragische Geschichte. Ihre Mutter war vor einem halben Jahr an Magersucht gestorben, der Vater verbüßte eine Haftstrafe wegen eines Banküberfalls.. Er würde sich sobald nicht um Mark und Lukas kümmern können. Am Ende hatte Mark den Ausschlag gegeben; er hatte gemeint, Robert sei zwar kein richtiger Weihnachtsmann, aber er sei der netteste Erwachsene, den er je getroffen habe – von seiner Mutter einmal abgesehen.

Drei Tage in Hamburg – so viel hatte man ihm gestattet, wenn er sich täglich meldete, und irgendwie war Robert froh, die Kinder bei sich zu haben. Was würde am Abend passieren? Würde Mara ihrer Tochter wirklich erzählen, wer ihr wahrer Vater war? Oder würde Anna gar nicht kommen?

Einen Tag zuvor war Mara erst aus dem Krankenhaus entlassen worden. Sie hatten jeden Tag telefoniert, aber irgendwie schien auch sie ein mulmiges Gefühl zu haben.

Am 21. Dezember, nachdem sie offenbar in getrennten Zimmern die Nacht im Domhotel verbracht hatten, war Edgar mit Anna in ihrem umgebauten Krankentransporter zurückgefahren. Anna hatte wenig gesagt, dafür Edgar umso mehr. Er hatte von seinem Tierhof gesprochen, davon, dass er ihn Robert unbedingt zeigen müsse und dass er eine Band mit Anna gründen wolle – nur müsse er sie noch überzeugen. Bei Edgar wusste man allerdings nicht, ob das alles ernst gemeint war oder jugendlicher Überschwang.

Er hatte sich immer eine Tochter gewünscht, und nun, da er wusste, dass ihm dieser Wunsch erfüllt worden war, fürchtete er sich vor diesem Gedanken. Wie begegnete man einer erwachsenen Frau, die erfahren musste, dass ihre Mutter sie dreißig Jahre belogen hatte? Warum hatte Mara das überhaupt getan? Weil sie ihrem ersten Mann, Annas angeblichem Vater, dieses Versprechen gegeben hatte? Nein, es musste etwas anderes gewesen sein – Angst, Angst vor den Konsequenzen und Angst, etwas zu zerstören: ihren magischen, schwerelosen 20. Dezember.

Mara wohnte in einer Altbauwohnung in Eppendorf. Mark und Lukas waren müde und zugleich aufgeregt. Weil der Weihnachtsmarkt am Rathausplatz schon abgebaut worden war, hatte Robert mit ihnen eine Schiffstour durch den Hafen gemacht, hatte sie mit Pizza und Eis gefüttert und sie neu eingekleidet. In einem Kaufhaus in der Mönckebergstraße hatten sie ein Foto mit einem Weihnachtsmann gemacht.

»Ist der Weihnachtsmann richtig?«, hatte Lukas gefragt, und Robert hatte genickt. Das Foto hatte zwei glückliche Kinder gezeigt. Später hatte Mark im Kinderheim angerufen und hatte sich reihum sieben Jungen und einen Betreuer geben lassen, mit denen er unbedingt sprechen musste.

Um halb sechs standen sie vor Maras Tür. Es war dunkel und kalt. Vor ihrem Hauseingang war eine Tanne mit elektrischen Kerzen geschmückt, die ein weiches Licht verströmten. Von Edgars Krankentransporter war nichts zu sehen.

Pluto kam ihnen an der Tür entgegen und begrüßte sie überschwänglich, als würde er sie schon seit ewigen Zeiten kennen.

Dann stand Mara da – sie trug Jeans und einen dunkelgrünen Pullover. Sie ähnelte Anna so sehr, dass es ihm einen Stich versetzte. Wenn er jemals wütend auf sie gewesen war, weil sie ihm so lange die Wahrheit verschwiegen hatte, löste sich diese Wut sofort auf. Nachdem Mara die Kinder begrüßt hatte, küssten sie sich lange.

»Es tut mir leid«, flüsterte sie ihm zu.

»Nein«, sagte er. »Es ist gut so. Nichts ist besser, als jetzt bei dir zu sein.«

Ihre Wohnung war so, wie er sie sich vorgestellt hatte – wenige, geschmackvolle Möbel, weiß gestrichene Holzbohlen, zwei, drei abstrakte Bilder an der Wand, offenbar alles Originale.

Während des Essens redeten die Kinder aufgeregt, erzählten von ihrer Mutter und von den Geschenken, die sie ihnen gemacht hatte, doch erstaunlicherweise war wenig Wehmut oder gar Trauer dabei. Robert bemerkte, dass Mara immer wieder auf die Uhr schaute. Sie wartete auf Anna, die sie bisher mit keinem Wort erwähnt hatte.

Zur Bescherung kam Edgar in seiner gelben Jacke und seinen alten Jeans, als wäre er eben aus seinem Krankentransporter gestiegen. Er hatte seine Geige dabei und spielte Weihnachtslieder, während Mark und Lukas sich auf ihre Geschenke stürzten. Robert hatte einen neuen Bollerwagen mit einem Lederball, einem Trikot und Fußballschuhen für Mark und mit einer Ritterburg und einem Gameboy für Lukas gefüllt.

Beinahe sah es so aus, als wären sie eine richtige Familie; doch die wahre Tochter fehlte.

Mara verstand es gut, ihre Unruhe zu verbergen, trotzdem spürte er sie.

Als die Kinder erschöpft in das große Bett im Gästezimmer gesunken waren, kehrte eine seltsame Stille ein. Es war fast halb elf. Selbst Edgar stand einen Moment unschlüssig im Wohnzimmer vor dem ganz in Rot geschmückten Weihnachtsbaum, den Mara, wie sie gestand, erst am Morgen hatte aufstellen lassen, und wusste offensichtlich nicht, ob er gehen oder bleiben sollte.

Robert befingerte sein Geschenk für Mara in der Tasche, plötzlich unsicher, ob es das Richtige war – die Karte mit dem Rockefeller Center, die er im Kölner Krankenhaus bekommen hatte, sowie zwei Flugtickets nach New York, ausgestellt auf den 20. Januar. Das Hotel, das er gebucht hatte, lag genau am Central Park.

»Sie ist bei Wolf – ihrem ... Vater«, sagte Mara, als sie aus dem Gästezimmer zurückkehrte, wohin sie die Kinder begleitet hatte. Sie lehnte im Türrahmen und sah zum ersten Mal an diesem Abend bleich und krank aus. Die gebrochenen Rippen mussten ihr noch zu schaffen machen. »Da ist sie jedes Jahr. Ich weiß nicht, ob sie noch kommt. Vielleicht ahnt sie etwas.« Sie seufzte, und Robert hätte sie gern in den Arm genommen.

Plötzlich drohte die Stimmung zu kippen.

»Es ist gleichgültig«, sagte er. »Ich freue mich einfach, dass ich hier bin.«

»Ja«, rief Edgar. Auch er spürte, dass Maras Laune sich verdüsterte. »Und bevor ich gehe, müsst ihr euren Tango tanzen. Ich habe extra geübt.« Er eilte zu seiner Geige und begann sofort zu spielen.

Robert hatte Mühe, den Tango-Rhythmus zu erkennen, doch Mara baute sich sofort vor ihm auf, als hätte es nur dieses Impulses bedurft.

Ganz vorsichtig nahm er ihre Hand. Durfte sie wirklich schon tanzen? Sie nickte ihm zu und lächelte. Es wird schon gehen, sagte dieses Lächeln. Als sie ihn berührte, konnte er die Schritte wieder, links, rechts, links. Der Rhythmus riss ihn mit. Zum ersten Mal begriff er den Tanz, er tanzte nicht mit dem Kopf, sein Körper tanzte. Ach, vielleicht hätte er all die Jahre auf seinen Körper hören sollen, schon damals, vor über dreißig Jahren. Er schloss die Augen und spürte Mara. Es waren nur einfache Bewegungen, und doch lagen eine

Harmonie und eine Innigkeit darin, wie er sie noch nie gespürt hatte.

Ich liebe dich, wollte er flüstern und schreien und singen, doch gleichzeitig wusste er, dass er gar nichts sagen musste. Mara verstand ihn auch so.

Als er die Augen wieder öffnete, sah er Anna, die in der Tür stand und sie beobachtete, so reglos, dass man an ihrer Miene nichts ablesen konnte.

Edgar spielte noch ein paar Akkorde, bevor er aufhörte. Robert hatte den Eindruck, dass er die Melodie abgekürzt hatte, um Anna nicht zu lange in ihrem starren Schweigen dastehen zu lassen.

Mara löste sich von ihm. Bevor sie etwas sagen konnte, war Anna bei ihr. Sie lächelte schmerzhaft.

»Ich bewege mich genauso«, sagte sie. »Schlaksig wie eine Gliederpuppe – es sieht nicht eben elegant aus.«

»Wieso sieht es nicht elegant aus?«, fragte Mara und schaute an sich herab.

»Ich spreche nicht von dir, Mutter.« Anna klang ein wenig belehrend. »Du bist eine Meisterin, du kannst selbst mit gebrochenen Knochen tanzen. Ich spreche von Robert. Außerdem sind meine Fingernägel auch so merkwürdig geformt wie seine.« Sie machte eine wegwerfende Handbewegung und ließ sich in einen schwarzen Ledersessel sinken. Dann nickte sie Edgar zu, der ihren Gruß freundlich erwiderte.

»Hat Wolf dir etwas gesagt?«, fragte Mara ein wenig atemlos.

Anna lächelte spöttisch. »Ihr seid ein wirklich schönes Paar – kaum zu glauben, dass ihr zufrieden wart, einmal im

Jahr in eurem Hotelzimmer Tango zu tanzen. Weihnachten ist das Fest der Geschenke. Vielleicht sollten wir uns heute zur Abwechslung mal ein paar Wahrheiten schenken.« Sie beugte sich vor und nahm sich wahllos ein Glas Wein vom Glastisch und trank daraus.

»Gut«, sagte Mara, »schenken wir uns ein paar Wahrheiten. Soll ich anfangen?«

Anna lehnte sich gelassen zurück, das Glas in der Hand, und machte eine auffordernde Geste.

»Du bist ein Dezemberkind«, fuhr Mara leiser fort, »empfangen in New York in der Nacht vom 19. auf den 20. Dezember, und Robert ist dein Vater. Es war ein Fehler, es all die Jahre zu verheimlich, aber …« Sie verstummte abrupt.

Robert legte beschützend den Arm um sie. Es war nicht die Zeit für Rechtfertigungen.

»Irgendwie habe ich es immer geahnt«, begann Anna und blickte wie nachsinnend an ihnen vorbei. Sie wirkte nicht schockiert oder übermäßig überrascht. »Vielleicht habe ich dir deshalb so häufig nachreisen wollen. Was ist das für ein Mann, den du triffst?, habe ich mich jedes Jahr gefragt, seit ich denken konnte. Immer hast du dich merkwürdig aufgeführt vor diesem ominösen 20. Dezember, und hinterher warst du auf eine unheimliche Weise verändert. Bis nach Weihnachten hielt diese Veränderung an, erst gegen Silvester verlor sie sich. Wolf hat mir später erzählt, dass er oft den Eindruck gehabt hatte, du wärst an Weihnachten gar nicht bei uns gewesen, sondern irgendwie in einem Traum … ein Weihnachtsgespenst, da und doch nicht da. Später bei Sören und Hendrik war es genauso. Es wiederholte sich, Jahr für Jahr, ohne Unterschied.«

Edgar hatte sich aus dem Zimmer geschlichen, bemerkte Robert. Er tat, als müsse er nach den Kindern sehen.

Mara schluckte und schien um Worte zu ringen.

»Wir haben uns nicht getraut – damals in New York«, sagte Robert, »haben uns aber geschworen, uns einmal im Jahr zu sehen. Ein Tag wie im Traum, ohne Vernunft und Bindung.« Er lauschte seinen Worten nach und wusste selbst nicht, ob sie hohl klangen.

Anna winkte ab, ohne dabei abweisend zu wirken. »Ich werde nie Vater zu dir sagen«, erklärte sie bestimmt, aber nicht unfreundlich. »Und nun kommt meine Wahrheit. Ich habe auch ein Dezemberkind …« Sie brach kurz ab. »Na ja, nicht so ganz. Es ist von Tom, von dem ich mich gestern getrennt habe. Aber mein Kind soll vom ersten Tag an wissen, wer sein Vater ist.«

Mara neben ihm atmete tief ein. War das Freude oder Überraschung?, fragte Robert sich.

Plötzlich stand Edgar neben Anna, die Geige in der Hand.

»Ich habe auch eine Wahrheit«, sagte er und sah dabei Anna an, »genauer gesagt zwei. Zum einen finde ich, dass Robert und Mara ein wunderschönes Paar sind – und nicht nur für einen Tag im Jahr. Zum anderen habe ich mich in die zukünftige Sängerin meiner zukünftigen Band verliebt.« Er spielte drei schrille Töne, wie um seine Verlegenheit zu überspielen.

Hinter ihm tauchte Mark auf. Hatte Edgar ihn etwa

geholt? Es war dem Jungen anzusehen, dass er noch nicht geschlafen, sondern alles mit angehört hatte. Er legte die Arme um seinen mageren Oberkörper und schaute sie alle nacheinander an. »Es ist wie ein Traum«, sagte er. »Als hätte mir meine Mutter ein Geschenk gemacht – ein richtig tolles Weihnachtsfest.«

Robert bemerkte, dass der Junge Tränen in den Augen hatte, genauso wie Mara neben ihm.

»Finde ich auch«, sagte er eine Spur zu laut. »Ein richtig tolles Weihnachtsfest mit ein paar richtig tollen Wahrheiten. Und hier kommt meine: Mara …« Er schaute sie mit gespielt ernster Miene an. »Ich finde, wir sollten aufhören, uns heimlich am 20. Dezember zu treffen. Stattdessen begründen wir eine neue Tradition. Wir feiern nun jedes Jahr Weihnachten zusammen – mit Lukas und Mark und mit Edgar und Anna, wenn sie wollen.« Er zögerte einen Moment. »Und für den Rest des Jahres bleibe ich in Hamburg.«

Er sah, dass Mara stumm nickte – und dass Anna ebenfalls zustimmend lächelte.

Edgar grinste glücklich und legte sich wieder die Geige an die Schulter.

*Ein zauberhafter Roman über die Liebe und die kostbaren Momente im Leben*

Susan Fraser
KOSTBAR
WIE EIN TAG MIT DIR
Roman
Aus dem Englischen von
Sabine Schulte
286 Seiten
Klappenbroschur
ISBN 978-3-7857-6009-3

*Es war alles so schnell gegangen – als wäre eine Welle über uns zusammengeschlagen. Als ich mich zu Marc umdrehte, bemerkte ich etwas Seltsames. Da war Marc, aber er hatte sich verändert: Vor mir stand Marc, wie er bei unserer ersten Begegnung ausgesehen hatte – vor 15 Jahren in Paris.*

Die Australierin Annie und ihr Ehemann Marc stehen nach 15 Jahren Zweisamkeit vor einem Problem: Plötzlich ist alles wieder wie am Anfang, als sie noch jung und verliebt waren und nichts ihrer Liebe im Weg stand. Oder vielleicht doch? Was sie zunächst als neue Chance begreifen, entwickelt sich nach und nach zu einem gefährlichen Spiel …

Aber verdient nicht jede Liebe eine zweite Chance?

luebbe